LOS MISTERIOS DEL OLVIDO

ROSE MARIE TAPIA R.

ISBN: 9789962656173

EDICIÓN AMAZON

Los misterios del olvido
Portada: Kevin Reimer K.
Fotografía: Kevin Reimer K.

CAPÍTULO 1

La luz roja del semáforo lo obligó a detenerse. Miró el tráfico de vehículos, lento a esas horas. La gente pasaba frente a él, cada quien absorto en sus problemas. La luz cambió a verde, pero no avanzó, pese a la estridencia de las bocinas de los automóviles que le seguían. El ruido era infernal, pero él no lo escuchaba. Uno de los conductores bajó de su camioneta y golpeó en su ventanilla, pero tampoco reaccionó. Poco después, un policía motorizado se acercó por el lado del conductor y también asestó dos golpecitos para llamar su atención. Nada. El hombre parecía ausente, como si no escuchara ni viera, como si su mente estuviera a kilómetros de distancia.

El policía encendió la sirena de su moto, y con eso logró que el conductor lo mirara. Le ordenó bajar la ventanilla; él lo hizo, despacio.

—Caballero, ¿se siente bien?

—No lo sé.

—Su licencia, por favor.

—¿Licencia?

—Eso dije. ¿Está usted ebrio?

—No lo sé.

—¿Qué le sucede?

—No lo sé.

—¿Hacia dónde se dirige?

—No lo sé.

El agente de tránsito miró detenidamente dentro del auto; luego contempló el rostro que tenía delante de sí. A continuación, tomó su radio y solicitó una ambulancia. Diecinueve años en el oficio le indicaban sin lugar a dudas que ese hombre estaba enfermo.

Minutos antes, Jaime Alvarado conducía su automóvil por la avenida Cincuentenario, luchando por aclarar sus pensamientos confusos. Una serie de acontecimientos ocurridos durante los últimos meses lo habían envuelto en una fatídica vorágine. Hacía un mes, Rina, su esposa, sufrió un infarto cerebral que la llevó a la muerte. Con ella compartió treinta años de matrimonio, en los cuales fueron felices, a pesar de los celos enfermizos de su mujer.

Poco después de ese desenlace, a Jaime lo separaron de la presidencia de su empresa, negocio que forjó con el esfuerzo de toda una vida y, para colmo de males, también lo despojaron de la gerencia general. Toda esa conspiración fue encabezada por Alfredo, su yerno, un bueno para nada, casado tiempo atrás con Patricia, su hija mayor, a pesar de la inicial oposición mostrada por él. Es que desde que lo conoció, adivinó el farsante oculto tras esa fachada de hombre hábil y emprendedor. Lo que laceraba el alma de Jaime era saber que Patricia, su hija favorita y accionista mayoritaria de la empresa, se prestaba para respaldar todas las maquinaciones del marido. La única que se opuso fue Milagros, su hija menor, pero él y ella no eran mayoría.

Extrañaba mucho a Rina y eso lo hundía en una permanente depresión, oportuna excusa para que Alfredo comenzara a plantear que «el viejo» no estaba en sus cabales, que era un riesgo para la empresa. En verdad, Jaime descuidó mucho sus obligaciones, se quedaba en casa, con el cuarto a oscuras, sin querer hablar con nadie. Rina, con todo y sus celos, le hacía falta, mucha falta.

Durante los años de convivencia matrimonial, a pesar de la dedicación que le demostró Jaime, Rina le reclamó la confesión de amor eterno que le hizo a su primera novia, Margarita. Ella siempre vivió temerosa de que él la abandonara. Sin embargo, se aferró a sus creencias religiosas, con una conformidad capaz de sobrellevar los sufrimientos, de sentirse relegada a un segundo término. Si la aceptación no se alcanza por la reflexión, queda el camino de la fe, ese fue su refugio.

Pero sus temores y sus celos no desaparecieron, se agazaparon en el fondo de su alma, impidiéndole ser feliz con el hombre que a todas horas le demostraba su amor. Dos meses después de casados, ella encontró una carta que él le había escrito a Margarita, pero que nunca envió. Era una nota en la que se despedía, anunciándole su matrimonio, pero expresándole a la vez que jamás la olvidaría.

Cuando Rina, en su lecho de muerte, recobró la conciencia por unas horas, le dijo a Jaime que estaba segura de que buscaría a Margarita, la mujer a quien tanto amaba, según ella. Fue inútil que Jaime intentara sacarle esa idea de la mente.

Siempre fue así: cada vez que los esposos reñían frente de sus hijas, ellas se reían de su mamá, porque sabían que Jaime la amaba y que siempre le fue fiel. Aunque ella sacara a relucir a la otra, a la que se acostumbraron a imaginar como un fantasma que acechaba su hogar a todas horas, pero que nunca les pareció amenazador, seguras como estaban del cariño de su padre.

Milagros pudo convencer a su padre, al fin, de que tenía que volver a su puesto en la empresa, asumir sus obligaciones y enfrentar la vida. Pero cuando ambos llegaron al despacho se encontraron con el acta de la reunión en que se decidía su reemplazo al frente del negocio.

Jaime estalló en furia. Milagros, al principio, no comprendía lo que pasaba, y tuvo que leer con detenimiento la breve nota para entender la magnitud de la canallada tramada por su hermana y su cuñado.

Luego de calmar a su padre, le prometió que arreglaría esa injusticia, que seguro se trataba de un malentendido. Pero todas las acciones tomadas en ausencia de Jaime estaban legalizadas ya. No quedaba nada por hacer.

Al salir de su oficina, tropezó con dos clientes en la recepción, sin verlos. Al bajar a los estacionamientos liberó el dolor, la furia acumulada, con un grito y una patada que resonaron en el sótano como una detonación. Milagros lo venía siguiendo, pero él no deseaba que ella lo viera en esas condiciones. Entonces, entró a su automóvil, aceleró la marcha y tomó la avenida Cincuentenario a toda prisa.

CAPÍTULO 2

Milagros irrumpió en la oficina de Alfredo, su cuñado, con el rostro enrojecido por la ira; su entrada intempestiva anunciaba una confrontación más. No soportaba a ese miserable inútil, pretencioso. ¿Cómo era posible que Patricia, su hermana, se hubiera prestado para semejante artimaña?

—¿No te das cuenta de que estoy ocupado? Cuando quieras hablar conmigo, deberás anunciarte con mi secretaria —dijo Alfredo, apretando los dientes.

—Querrás decir, con tu amante.

Alfredo sonrió. Por suerte su mujer era una pobre ingenua y como su hermanita no quería hacerla sufrir, no le había contado que la semana anterior los sorprendió a él y a la mujer, en el sofá, en una escena indecorosa.

—No tengo tiempo para estupideces. ¿Qué quieres?

—¿Cómo te atreves a hacerle algo así a mi papá?

—Tú eres la única que no se ha dado cuenta de que el viejo está inhabilitado para manejar esta empresa.

Milagros era consciente de que las condiciones de Jaime no eran las ideales, pero también sabía que era cuestión de tiempo el que él se recuperase. Descargó sobre Alfredo todo su desprecio:

—Empresa que es de su propiedad. Espero que en eso estemos claros. ¡Sinvergüenza!

—No exactamente. La empresa es de él y de tu madre. ¿Olvidaste que ella dejó su parte de la empresa a sus nietos, que son mis hijos y tengo que velar por su patrimonio?

—¡La parte de mi madre se la dio mi padre!

—Como sea, eso ya no es importante. El hecho es que ahora pertenece a mis hijos, y que en representación de ellos estamos tu hermana y yo, con la mayoría de las acciones y, por tanto, con el poder legal para tomar las decisiones que sean necesarias a favor de la empresa.

—Escucha, no te vas a salir con la tuya, te lo juro.

—Lárgate de mi oficina, aquí hay reglas que respetar, para todos. Si no estás de acuerdo, puedes renunciar.

—¡A mí no me das órdenes, aprovechado! Ahora voy a salir porque tengo que ver a mi padre, pero esto no se queda así, ¡te lo juro, cabrón!

Cuando salió, Leonor, la secretaria de Jaime, le contó a Milagros que su cuñado convocó a una junta de directores pocos días antes, en la que se aprobó una serie de normas nuevas, entre las que estaban no comunicarle, ni a ella ni a Jaime sobre las decisiones que se adoptaban. En esa junta, el punto central fue exponer la supuesta demencia que padecía el hasta entonces presidente y gerente de la empresa. A Alfredo no le costó mucho para lograr su destitución, porque decía que era lo mejor para su salud, pues la presión del trabajo terminaría acabándolo, y se comprometió a ponerlo en manos de los mejores médicos que le restituyeran la salud mental.

Milagros recogió sus pertenencias y salió de la oficina. No pensaba volver a desempeñar su cargo mientras Alfredo estuviera al frente. Leonor le dijo que a ella la dejaron sin funciones luego de ser reemplazada, que constantemente su nuevo jefe la amenazaba, le pedía la renuncia o la calificaba de espía, que la mandaba a realizar oficios denigrantes en la empresa, y que no soportaba más.

Luego de reflexionar unos instantes, Milagros buscó en su cartera hasta dar con una tarjeta de presentación, que le extendió a la muchacha.

—No tienes que hacerlo. Llama a esta abogada; es mi amiga y sabe mucho de estos temas. Explícale el caso y demanda al canalla ese por acoso laboral y que se vaya al infierno. No sé cómo va a llevar la empresa adelante con semejante actitud de matón.

—Gracias por su apoyo, Milagros. Yo siempre trabajé bien con don Jaime y…

—Lo sé, Leonor, y no estoy de acuerdo con que te traten así. Defiéndete.

En ese momento sonó el celular de Milagros. La llamaban del cuarto de urgencias del Hospital de Punta Pacífica para informarle que su padre estaba internado allí y querían que fuera de inmediato.

Al llegar a la clínica, Milagros preguntó por el estado de su padre y la refirieron a la oficina del médico que lo recibiera en emergencias. Cada vez que ella visitaba un centro hospitalario, rememoraba a su madre. El silencio de los pasillos le infundía temor, pues acababa de perder a su mamá, y la posibilidad de que su padre también falleciera, la perturbaba y la hacía temblar.

Necesitaba contar con la compañía de su padre, aunque ahora estuviera distraído y ausente. Contemplar su amado rostro, era un enorme consuelo. Se levantó de la silla y se dirigió a la puerta con la intención de salir, cuando entró el doctor Carvajal.

—¿Es usted familiar del señor Alvarado?

—Sí. Soy su hija.

El paciente se encuentra estable, aunque todavía muestra señales de confusión mental.

—¿Confusión mental? No entiendo.

—Bueno, recuerda su nombre, pero no sabe cómo llegó al hospital, no recuerda la fecha, ni tampoco nos pudo dar el nombre de ningún familiar.

—¡Dios mío! ¡Qué le pasó!

—Al inicio pensamos que se trataba de una crisis de ausencia.

—¿Crisis de ausencia? ¿A qué se refiere?

—Es una alteración temporal de la función cerebral,

se produce cuando se registra actividad eléctrica anormal del cerebro; generalmente se caracteriza por una pérdida abrupta y de poca duración de la actividad consciente, aunque he visto pacientes con otros cambios del comportamiento.

—Por favor, doctor, hábleme en términos sencillos para que lo pueda entender, no aumente mi desasosiego.

Milagros no pudo disimular su impaciencia. ¿Por qué hay médicos que olvidan que los familiares estudiaron otras ramas del conocimiento y no están familiarizados con esa jerga técnica?

—Disculpe. Se lo explicaré de una manera clara. Estas crisis, como la de su papá, implican una pérdida de conocimiento súbita, breve, que interrumpe instantáneamente la actividad que la persona lleva a cabo.

—¿Dónde estaba él cuando le ocurrió eso?

—A él lo trajeron aquí gracias a la información médica que reposaba en su cartera, de otro modo lo hospitalizan en la Caja del Seguro Social, o en el Hospital Santo Tomás. Un policía llamó al servicio de ambulancias.

—¿Un policía? Pero ¿qué hizo?

—Nada. Como le expliqué, estas son crisis generalizadas, pero no convulsivas, que se manifiestan de repente. Su padre conducía cuando se quedó inmóvil en un cruce de calles. Un policía ha de haberse percatado de que su padre no reaccionaba adecuadamente. Actuó rápido y lo trajo a nuestro hospital.

—Pero, ¿se va a recuperar?

—Estas crisis suelen ser breves, por eso alguna vez se les denominó «petit mal». Los porcentajes de recuperación son buenos, aunque todavía no estamos seguros de que el señor Alvarado sufra de este síndrome, porque encuentro ciertas contradicciones en sus síntomas posteriores.

—¿Qué contradicciones?

—Por ejemplo, cuando el paciente con crisis de ausencia sale de este estado, retoma a la actividad y al lenguaje como si nada hubiera pasado. Sin embargo, su papá todavía está confundido. ¿Él ha padecido estados depresivos últimamente?

Ella asintió con la cabeza sin decir una sola palabra. El panorama comenzaba a aclararse poco a poco.

—Ese puede ser un preludio de lo que venía. Y dígame, ¿alguna vez lo vio quedarse pensando como si se desconectara del mundo?

—Sí, varias veces, pero eso nos pasa a todos. ¿No es así?

—Quizás. Le haremos un electroencefalograma, para fundamentar un diagnóstico más preciso. También ordenaré una resonancia magnética para descartar la presencia de tumores o malformaciones.

—Doctor, mi padre ha sufrido mucho: muerte, decepción, dolor, traición. Una mente no puede con tantas desgracias.

—Entonces, ¿sabe usted lo que lo llevó a este estado?

—Es una larga historia.

—Debo saberla, porque el equipo médico está desconcertado.

—Doctor, mi padre acaba de enviudar y para colmo de males mi cuñado le quitó la empresa y lo destituyó.

El médico guardó silencio por unos minutos y Milagros preguntó:

—¿Puedo verlo?

—No se preocupe, lo tenemos en cuidado intermedio, pase a verlo para ver si la reconoce.

—¿Cómo no me va a reconocer? Soy su hija.

—Tranquila, ya veremos.

Milagros entró a la sala que le indicaron y vio que su padre se encontraba al final. Se acercó despacio y tomó una de sus manos entre las suyas. Jaime estaba conectado a varias máquinas, que medían su presión arterial y el pulso. El tubo que le proporcionaba oxígeno se había movido y la enfermera se lo volvió a colocar. En ese momento, Jaime despertó.

—Rina, mi amor, ¿quién te dijo que estaba en el hospital?

Milagros retrocedió y miró al médico que permanecía de pie junto a ella. Dos lágrimas asomaron a sus pupilas. ¿Cómo era posible que su padre la confundiera con su madre? Aunque el parecido era notable, la diferencia de edades no lo justificaba. Además, su madre estaba muerta. No obstante, guardó silencio para no asustar a su padre. La confusión de la cual le habló el galeno era mucho peor de lo que ella se imaginó.

—No me digas que te ausentaste del trabajo para venir a verme.

Como Milagros no respondía, el médico le explicó al paciente que esa no era su esposa, sino su hija menor.

Milagros estaba desolada por la seria confusión de su padre, quien afirmaba cosas que no tenían ni pies ni cabeza.

Nadie nos prepara para afrontar una situación tan terrible. Ahora está enfermo y ha llegado el momento de cuidarlo, pero era duro reconocer que su héroe no estaba en control de sí mismo.

Creo, que todos se han vuelto locos. ¿Cómo me dicen que esta es mi hija, si ni siquiera me he casado? Sin embargo, Rina parece asustada, ¿será porque la alarmaron cuando la llamaron del hospital?

CAPÍTULO 3

El doctor Carvajal salió de la habitación y se comunicó con el neurólogo. En pocos minutos el especialista entró a la habitación y le pidió a Milagros que localizara al médico de cabecera del paciente. Ella le respondió que ya lo había hecho y que el doctor Porcel estaba por llegar. Milagros interrogó al galeno, pues no comprendía la magnitud de la confusión de su padre. El neurólogo le explicó que la memoria conecta el momento presente con aquello que lo precedió y en eso basa la formación de su historia. Ella le reiteró que no entendía lo que le pasaba a su padre, era como si se lo hubieran cambiado. También le informó que días antes había estado deprimido y ansioso. Sin embargo, ahora se le observaba tranquilo y hasta podría decirse que contento.

—Si su padre no recuerda su tragedia, no tiene razón para estar triste.

—Pero, ¿cómo es posible que me haya confundido con mi madre?

—Existen varias definiciones que remarcan diferentes aspectos de la memoria: capacidad de adquirir, retener y utilizar una experiencia, y la de adoptar un comportamiento considerando la experiencia pasada. La función mental se divide en cuatro fases: memorización o aprendizaje, retención, recuerdo y reconocimiento. Me propongo evaluar a su padre para determinar cuáles de esas fases se están viendo afectadas.

El médico añadió que, por lo que había observado en el paciente, su memoria a corto plazo era la más afectada. En cambio, la memoria implícita no estaba afectada y fluía automáticamente al realizar tareas habituales. También era posible que se tratase de Alzheimer.

—He oído sobre esa enfermedad, pero no sé sobre los detalles, además el médico que lo recibió en la sala de Urgencia, me habló de una posible crisis de ausencia. Ahora usted me dice que puede ser otra cosa. Por favor, pónganse de acuerdo y dígame lo que tiene mi padre.

El médico comprendía el malestar de la chica, pero, en ocasiones, el diagnóstico es impreciso y surgen muchas hipótesis que se van descartando a medida que se obtiene los resultados de las pruebas y análisis. Calmadamente, le explicó a Milagros los diferentes trastornos, empezando por el más probable:

—La enfermedad de Alzheimer se considera el resultado de la acción de dos proteínas anormales, identificadas como amiloide beta y tau hiperfosforilada. Estas, al acumularse en el cerebro, se tornan tóxicas para las neuronas.

—Cada día se comprende más cómo ocurre esto, y por qué se producen esas proteínas, los genes que intervienen, la naturaleza de la muerte neuronal y, por supuesto, las respuestas en forma de medicamentos, de tratamientos.

—Doctor, no entiendo, nada de lo que me ha explicado—dijo Milagros, con evidente molestia.

El neurólogo sonrió, luego hizo un esfuerzo por ser más claro en sus palabras.

—Al ser la enfermedad de Alzheimer un trastorno neurodegenerativo, afecta directamente a las neuronas. Los pacientes, por lo general mayores de sesenta y cinco años, presentan deterioro en cuanto a su capacidad de conocer, de recordar.

Milagros apreció el esfuerzo del médico por hacerse entender.

—Descubrir los determinantes moleculares que desencadenan la falla amnésica es uno de los retos principales con relación a esta enfermedad, y con eso le quiero decir que hasta para los especialistas aún existen preguntas fundamentales, pero trabajaré con su padre tomando en cuenta lo que se sabe hasta el momento.

—Doctor, lo que más me intriga es ¿por qué mi padre me confunde con mi mamá?

—Se lo explicaré de una manera sencilla: que su padre la confundiera puede ser una distorsión involuntaria de la memoria por su estado emocional. También es posible que su padre evoque falsos recuerdos para disimular sus olvidos. En esos casos, él no es consciente de ello. Es a lo que llamamos «ilusión de reconocimiento». A partir de la creencia incurre en falsos reconocimientos de personas y del ambiente.

El galeno añadió que, tras una injuria, puede generarse un patrón característico, transitorio, enunciado en la Ley Ribot, según la cual se olvidan los acontecimientos recientes, pero se mantienen latentes los recuerdos más lejanos, y eso podría ser lo que estaba dándose en la mente de Jaime Alvarado.

Días después, el médico le dijo a Milagros que después de los análisis y pruebas ordenadas habían clarificado la situación del paciente.

—El resultado del encefalograma y la resonancia magnética de su padre resultaron normales. En la mayoría de los test su padre ha salido bien. Muestra una ejecución normal en las tareas de memoria semántica, pero presenta graves dificultades en los recuerdos autobiográficos.

El médico hizo una pausa y Milagros se mantuvo expectante, a la espera de una explicación que la llevara a entender el estado actual de su padre. El médico prosiguió.

—A medida que avanzaban los tests, don Jaime mostraba cansancio y hasta mal humor, pero, de pronto, cambió sin causa aparente y sus respuestas se tornaron irónicas. Cuando le pedí que nombrara los días de la semana, lo hizo en inglés y francés. Al preguntarle quién era el presidente de Los Estados Unidos me contestó que Hugo Chávez. Le dije, enojado, que no tenía tiempo para bromas y que diera la respuesta correcta, si la sabía. Volvió a cambiar de actitud y mostrando indiferencia, contestó acertadamente casi todas las preguntas. Quedé sorprendido con la prueba de fluencia verbal, pues al pedirle que mencionara palabras con S me dijo veintidós en un minuto. El médico agregó que con relación a la memoria pública, su padre había obtenido excelentes resultados y su puntuación fue más alta que en las pruebas anteriores.

—Don Jaime me desconcierta —concluyó el galeno.

—Entonces, ¿qué le pasa a mi padre? No entiendo.

—La emoción juega un papel importante en la memoria general y particularmente en la autobiográfica. Estos recuerdos están relacionados con los sucesos, la agradabilidad y el nivel de implicación emocional. Se recuerdan mejor los sucesos positivos que los negativos. Su padre puede tener amnesia por estrés postraumático y no recordar nada del suceso que lo llevó a este estado.

El médico agregó que en situaciones de alto estrés se produce un deterioro de las funciones del conocimiento, lo que afecta el proceso de atención, perceptivo y de memoria, dando lugar a recuerdos pobres en cantidad y en calidad de detalle, pero no a una amnesia.

—Eso es lo que me confunde en el caso de este paciente — explicó—. Una cosa es no querer recordar y otra diferente olvidar realmente. Aunque muchas de las víctimas de un suceso traumático tratan de no recordar, lo cierto es que la accesibilidad de este tipo de memorias no parece verse comprometida, aunque a estas personas les resulte difícil hablar de lo ocurrido.

Cuando el médico concluyó sus explicaciones, Milagros quedó más confundida que antes, no obstante, no hizo comentarios.

CAPÍTULO 4

Jaime Alvarado fue transferido de Cuidados Intensivos Intermedios al servicio de neurología. Dos golpes en la puerta de la habitación del paciente interrumpieron la conversación que mantenía con su hija. El doctor Porcel se acercó a Jaime, preguntándole cómo se sentía.

—No lo sé.

—Jaime, me dijeron que te sientes un poco confundido.

—No lo sé.

—Pero sí, sabes quién soy.

—Usted no me lo ha dicho.

Milagros no lo podía creer, el doctor Porcel había atendido a su padre los últimos veinte años, no solo por su especialidad, sino porque eran amigos. «Dios mío, ¿qué está pasando?», pensó.

—Papá, es el doctor Porcel, tu médico y amigo.

—¿Papá? Rina, ¿desde cuándo me dices papá?

—No soy tu esposa, soy tu hija.

—Jaime, Rina murió hace dos meses. Sé que ha sido difícil para ti sobreponerte, pero lo estabas logrando con el tratamiento siquiátrico —dijo el doctor Porcel.

—¿Siquiátrico? ¿Y desde cuándo me atiendo con un siquiatra?

—Desde que mamá murió —dijo Milagros.

Milagros se acercó a su padre, abrió la cartera y le mostró un espejo.

—Papi, tienes cincuenta y ocho años, hace pocos meses murió mi mamá y soy tu hija. Mírate al espejo.

Jaime acercó el espejo a su rostro y se contempló por varios minutos sin decir una sola palabra. A partir de ese momento, dejó de hablar por varios días. Los médicos no tenían la menor idea de lo que había provocado su amnesia y su actitud silenciosa, tampoco ayudaba. Milagros decidió hablarle y aunque no respondió una sola palabra, al día siguiente cambió su forma de comportarse.

Milagros visitaba a su padre diariamente y permanecía varias horas a su lado, aunque casi no hablaban. A ella le había llamado la atención el desorden de su mesita de noche, pues su padre siempre se caracterizó por el orden. Su madre siempre se vanagloriaba de ser ella la que lograra ese cambio porque antes de casarse él era desordenado. Le comentó al médico ese detalle y él respondió que su padre no recordaba los hábitos adquiridos después de su matrimonio.

Todas las mañanas Milagros adoptó la costumbre de leerle, pues sabía que ese era el entretenimiento preferido de su padre. Su género favorito era el ensayo, pero ella se dio cuenta de que él casi no prestaba atención. Decidió cambiar a novela y fue evidente su interés, se quedaba atento a la lectura. Cuando le preguntaba si deseaba que continuara leyendo, él asentía con la cabeza. Entonces ella cambiaba a sus ensayos favoritos, pero él la interrumpió, diciendo:

—Peque, no sé por qué me lees ese libro tan complicado. Me imagino que tú tampoco lo entiendes.

Milagros sonrió, su padre dejó de llamarla así cuando al cumplir quince años ella le pidió que no lo hiciera. Sin embargo, le alegró mucho que su padre lo recordara, demostrándole así su amor. Ella siempre se sintió celosa de la preferencia de su padre por su hermana, pero jamás lo demostró porque no deseaba parecerse a su madre que vivía reprochándole por ese motivo.

En una ocasión fue su madre quien le reclamó su preferencia por Patricia y su padre guardó silencio, sin saber qué decir. Al ver la tristeza reflejada en el rostro de su padre, Milagros intervino diciendo que se puede tener predilección por algún ser querido, sin que eso signifique que disminuye el amor por los demás. Su madre, airada, le dijo que lo defendía porque él era su preferido. Entonces, su padre la abrazó, diciéndole al oído que ella era la mejor de todos y que la amaba profundamente.

Como Milagros permanecía ensimismada en sus pensamientos, su padre le repitió la pregunta.

Claro que lo entiendo, papi. Recuerda que leo este género desde los diez años.

—Sí, peque, pero eso fue hace dos años.

—No, ya tengo veintidós años de edad. Mírame bien, ya soy una mujer adulta.

Jaime no respondió, pero minutos después le dijo a su hija que se sentía angustiado al no recordar su pasado. Sentía que era una pesadilla abrumadora de la cual no podía despertar. Pasaron varios días y Jaime no recobraba la memoria, como si hubiera retrocedido en el tiempo. En ocasiones, Milagros llegó a pensar que su padre estaba perdiendo la cordura. Finalmente, los médicos determinaron que él padecía una variante de amnesia autobiográfica. Y, aunque no recordaba los incidentes que provocaron su estado, los médicos consideraban que tal vez con el tiempo lograría recuperar la memoria perdida.

Milagros llamó a Patricia para informarle del estado de su padre, pero ella la cortó apresurada, diciendo que hablarían más tarde, pues tenía un jamón en el horno. Al cerrar la comunicación, Milagros se quedó varios minutos con el teléfono en la mano y la mirada ausente. ¿Cómo era posible que su hermana fuera tan indiferente a la enfermedad de su padre?

Patricia fue al hospital una sola vez, pero Jaime no la reconoció. Al salir le comentó a Milagros que la ponía de mal humor ver a su padre en ese estado. Milagros se lo reprochó y le recordó las veces que él pasó noches enteras, al pie de su cama, cuidándolas cuando estaban enfermas mientras su madre se iba a dormir con el pretexto de que le dolía la cabeza. Luego, le pidió a su hermana que se abstuviera de visitarlo para evitar una confrontación que le provocara una recaída.

Cuando el neurólogo llegó a examinar a don Jaime, Milagros le mostró los medicamentos prescritos antes del colapso. El especialista los revisó detenidamente, sin entender por qué razón el paciente estaba ingiriendo tantos medicamentos. Como Jaime no tenía recuerdos de su vida inmediata, su hija le contó al médico los eventos que provocaron el estado de su padre: la muerte de su esposa, el robo de su empresa y la gran desilusión de saberse estafado por su yerno en complicidad con su propia hija.

Jaime se levantó de la cama y se acercó a la ventana, descorriendo la cortina. Milagros intentó impedírselo, pero fue tarde. La habitación tenía vista a la calle principal de Punta Pacífica y al Centro Comercial Multi Plaza, uno de los centros comerciales más importantes del área, que se caracteriza por un ambiente selecto con tiendas de diseñadores e importantes firmas de ropa. Además, ofrece una variedad culinaria, desde restaurantes sofisticados de cocina internacional hasta una plaza de comidas rápidas. Jaime miró asombrado los edificios y permaneció en la ventana varios minutos. Luego preguntó:

—¿En qué lugar estamos?

—En Panamá, papá. ¿No lo reconoces?

—Este no es mi país. ¿Acaso estoy en Miami?

—No, papi.

—Milagros, tome en cuenta que lo que su padre está

viendo le recuerda un lugar de hace treinta y cuatro años. Para él este es otro sitio —advirtió el médico.

—Pero mi padre ya me reconoció como su hija pequeña.

—De todas maneras, Milagros. En los últimos diez años este país ha cambiado mucho. ¿No es cierto?

Jaime movió la cabeza de un lado a otro y se apartó de la ventana. Milagros corrió la cortina. Recordó que días antes de la muerte de su madre fueron a almorzar a uno de los restaurantes de Multi Plaza. Al salir, su madre entró en unos de los almacenes y, como su tarjeta de crédito estaba sobre girada, le pidió a su padre que le pagara el bolso que había elegido. Él se enojó mucho cuando vio el precio y se negó a complacerla.

Su madre, furiosa, lo acusó de miserable, pero él le respondió que era inadmisible pagar novecientos dólares por una cartera, cuando la canasta básica para alimentar a una familia de cinco miembros, era menos de trescientos dólares. Milagros estaba de acuerdo con su padre, pero no se atrevió a intervenir.

Antes de regresar la cartera, su madre la acarició, la abrazó, la olió y miró a padre e hija como si fueran sus peores enemigos. Luego Rina se retiró rápidamente del local y la perdieron de vista. Su padre la llamó al celular, pero ella no le respondió. Pasada una hora, decidieron regresar a casa y encontraron a Rina encerrada en su habitación. Esa noche su padre durmió en el cuarto de huéspedes.

El doctor Urrutia le hizo varias preguntas a Jaime, anotando sus respuestas y síntomas más importantes, en la cuadrícula. Luego le preguntó a Milagros cuánto tiempo hacía que su padre se atendía con el siquiatra.

—Un mes después de la muerte de mi madre.

—¿Qué médico lo refirió?

—Ninguno, fue mi cuñado el que se empeñó en que mi padre se atendiera con un especialista.

—¿El mismo que le usurpó la empresa?

—Sí, mi padre solo tuvo dos hijas y yo no me he casado.

El neurólogo no respondió. Algo en esa historia le parecía sospechoso, pero prefirió ser prudente y esperar más información.

Milagros le pidió explicación al médico sobre la amnesia de su padre y el galeno opinó que parecía un mecanismo de defensa del organismo para ignorar el dolor.

—Olvida para no sufrir —reiteró.

—No sé de dónde sacan ustedes que estoy sufriendo —intervino Jaime.

El médico le hizo una señal a Milagros para que no contestara. No deseaba provocarle más angustia al paciente. Le pidió a Jaime que fuera con la enfermera para que lo ayudara a prepararse para el examen que le había ordenado y él obedeció dirigiéndose al cuarto trasero. El médico le dijo a Milagros que, en pocos días, su padre recuperaría paulatinamente la memoria.

CAPÍTULO 5

El celular de Milagros empezó a sonar. No reconoció el número, pero desde que su padre enfermó pensaba que cada llamada podía estar relacionada con él. Era la jefa de enfermería de la clínica quien le dijo con voz apremiante:

—Milagros, el doctor Urrutia me pidió que la llamara, es urgente que venga de inmediato. Su hermana y su esposo se empeñan en que don Jaime sea transferido a una institución siquiátrica.

—Iré enseguida; por favor, dígale al doctor Urrutia que no permita que se lleven a mi papá.

Como se encontraba cerca, Milagros llegó en pocos minutos. Al entrar a la habitación de su padre, la enfermera le dijo que su hermana y su cuñado estaban en la oficina del doctor Urrutia. Milagros jadeaba, no sabía si por la prisa o por la furia contenida. De un empellón abrió la puerta y encontró a Alfredo discutiendo en duros términos con el médico.

—Desgraciado, si crees que te vas a llevar a mi padre a una clínica siquiátrica, te equivocas, nunca lo permitiré.

—Cálmate, Milagros —dijo Patricia.

—Cállate tú, eres tan miserable o más que el vividor de tu marido.

—Por favor, tranquilícense —dijo el neurólogo.

—No puedo —contestó Milagros—. Ya es suficiente el daño que le han ocasionado a mi padre, para que ahora pretendan que se pudra en una institución lejos de mí.

—Me lo voy a llevar —dijo Alfredo a gritos.

—Eso no es tan fácil —respondió el médico.

—Claro que sí, somos mayoría —agregó Alfredo.

—Usted no cuenta, ya que no es su hijo —respondió el doctor Urrutia.

—Si es preciso traeré una orden judicial —acotó Alfredo.

Cuando la traiga, entonces volveremos a conversar. Ahora, por favor, retírense —concluyó el doctor Urrutia.

Patricia fue la primera en salir seguida de Alfredo. Milagros se quedó de pie frente al doctor Urrutia, que se acercó a ella y le puso una mano en el hombro.

—Tranquila Milagros, no creo que puedan conseguir esa orden.

—No me arriesgaré, doctor, necesito su colaboración.

—¿Y qué piensa hacer?

—Quiero que ordene la salida de mi padre. Hoy mismo me lo llevo fuera de la ciudad.

—Pero, su padre necesita cuidados especiales.

—Lo que mi padre necesita es amor.

Estas últimas palabras las dijo llorando. El médico se sentó en su escritorio y firmó la orden de salida. Antes de entregársela, el doctor Urrutia le informó que había llamado al siquiatra que había atendido anteriormente a su padre y este no pudo darle un diagnóstico que ameritaba los medicamentos que le había suministrado.

—Ese especialista se molestó y me dijo que no permitiría que cuestionara su competencia ni sus prescripciones. Le respondí que ahora don Jaime también era mi paciente y que tenía todo el derecho de investigar su historial y la gran cantidad de medicamentos que tomaba. A gritos me dijo que se los suspendiera si me daba la gana y cerró la comunicación.

—¿Y lo va a hacer?

—Ya se los retiré poco a poco, algunos son de uso delicado. Le aconsejo que conserve esos medicamentos, es importante que el neurólogo que lo atienda, en el futuro, sepa el tiempo que su padre fue sometido a esos psicotrópicos.

—Está bien, confío en usted.

A la mañana siguiente, Alfredo y Patricia llegaron a la clínica y entraron a la oficina del doctor Urrutia sin tomarse la molestia de tocar la puerta. El médico levantó la cabeza y observó que Alfredo movía un papel frente a su rostro. Se puso en pie y preguntó:

—¿En qué puedo servirles?

—Ayer le dije que si era preciso traería una orden judicial.

—¿La trae?

—Aquí está.

—Ya no es preciso.

—Entonces, ¿va a firmar la salida de mi suegro?

—Ya lo hice.

—¿Nos los podemos llevar?

—Eso no será posible.

—¿Por qué? —gritó Alfredo fuera de sí.

—Porque ayer mismo salió de aquí.

—¿Cómo dice?

—Que lo di de alta y su cuñada se lo llevó.

Patricia se mantenía en silencio. No estaba de acuerdo con ingresar a su padre en esa clínica, pero su marido la había amenazado con dejarla y ella lo amaba.

Alfredo se acercó al médico y, tomándolo por el cuello de la camisa, lo apretó con fuerza, diciendo:

—Medicucho de pacotilla, no juegues conmigo o te rompo la crisma.

Las manos del doctor Urrutia habían quedado debajo de los brazos de Alfredo. Desde su niñez practicó artes marciales, fue la forma que encontró su padre para disciplinarlo. Con un ligero movimiento, se deshizo de la opresión de su cuello y lo empujó lo suficientemente fuerte para que no intentara otra agresión. Alfredo se estrelló contra la pared y Patricia se acercó para preguntarle si estaba lastimado.

—Cállate estúpida, esta es una pelea de hombres.

—Aquí no habrá peleas, se retira de mi oficina o lo mando a sacar por la fuerza con la seguridad.

—Te demandaré, cabrón de mierda. ¿Acaso no sabes con quién te has metido?

—Claro que sí. Con un delincuente que no solo le robó la empresa a su suegro, sino que ahora pretende enterrarlo en una institución.

Alfredo se abalanzó, una vez más, contra el médico, pero él levantó su brazo derecho para bloquear el ataque y le estrelló su puño izquierdo en el centro del rostro. La sangre empezó a brotar por la nariz y la boca de Alfredo, quien comprendió que a puñetazos jamás vencería a su rival y se retiró profiriendo agrias amenazas.

CAPÍTULO 6

Al salir del hospital, Milagros le preguntó a su padre si deseaba enfrentar a Alfredo o que viajaran al interior. Su intención era la de ganar tiempo suficiente hasta que él recobrara la memoria. A la vez buscaría asesoría legal para recuperar la empresa. Aunque Jaime no recordaba el incidente que lo llevara a ese estado, le respondió a su hija que prefería alejarse; no se encontraba en condiciones de defenderse.

—Hija, hay momentos en la vida en que lo más inteligente es el repliegue. No creas que es cobardía.

—Papi, siempre serás mi héroe. A veces tiene más valor una retirada que la lucha estéril. Alfredo no es un enemigo fácil de vencer. A través de la historia casi nunca se les da el debido reconocimiento a los guerreros que estratégicamente se retiran de campo de batalla, y es eso, precisamente, lo que los hace memorables.

Milagros estaba repitiendo las palabras que su padre le decía cuando juntos estudiaban la historia, con la intención de despertar sus recuerdos, pero Jaime se mostró indiferente.

Una vez en el apartamento, Milagros preparó las maletas. Necesitaban ropa y dinero para el viaje que emprenderían. Abrió la caja fuerte y contó el dinero. Su padre siempre tuvo precaución de guardar suficiente efectivo para una emergencia. Cerró la caja. Recorrió la habitación, donde él conservaba las pertenencias de su madre, como si aún viviera. Se acercó a la mesa de noche e intentó abrir el cajón, pero estaba cerrado. Buscó la llave en una vieja cajita de música, abrió la cerradura y sacó el contenido de la gaveta. Viejas fotografía, recortes de periódicos, poemas y un sobre viejo y arrugado que contenía una carta. Milagros sintió como una bocanada de aire caliente que le azotaba el rostro: era la carta que su padre nunca envió y que por muchos años fue motivo de tantos disgustos con su madre. La despedida de Margarita, el gran amor de su vida:

Hace años que no me comunico contigo, pero siento la necesidad de darte esta noticia. No deseo que te enteres por terceras personas y, aunque terminamos hace tiempo y no cumplí la promesa de permanecer a tu lado, sí cumpliré mi palabra de amarte para siempre. Me caso el próximo sábado.

No voy a mentirte diciéndote que no quiero a Rina, es una buena mujer, honesta y trabajadora. La futura madre de mis hijos. Nuestro cariño es tranquilo, pues deseo vivir una vida sin grandes sobresaltos. En una ocasión me dijiste que era un conformista, tienes razón, lo soy.

Perdona que escoja el amor tranquilo a la pasión que tú me provocabas, pero me fue imposible luchar contra el rechazo que mostraba mi padre por nuestra relación. Nunca olvidaré tu mirada de reproche el día de nuestra despedida. Fue duro superar tu pérdida, pero no podía sacrificar mi futuro. Mi padre me prohibió casarme contigo y hasta me amenazó con desheredarme. Me acusaste de materialista. Lo soy.

Mi familia está encantada con Rina, mi padre se jubiló, me traspasó su negocio y me propongo hacerlo prosperar y ganar solvencia. No sé por qué te cuento esto, seguramente sufrirás. Tal vez sea para justificarme o para consolar la pena que siento por nuestra despedida. Nunca volveré a buscarte, deseo que encuentres un buen hombre y seas feliz.

Siempre te amaré.
Jaime.

¿Por qué su madre conservaba esa carta que su padre jamás envió? ¿Quién fue Margarita en la vida de su padre? ¿La recordaría? Posiblemente, sí, ya que él conservaba intacta su memoria antigua.

Jaime esperaba pacientemente en la sala a su hija. Ella salió de la recámara con dos maletas y le dijo que estaba lista para salir de viaje. Él permaneció como ausente, sin preguntar nada. Entonces ella le pidió que fuera al baño antes de salir.

Cuando él regresó del baño, Milagros le hizo la pregunta:

—Papi, ¿quién es Margarita?

—Rina, por favor, no quiero discutir. Pronto nos casaremos. Tú sabes que ella fue una novia que tuve cuando trabajé en Volcán.

—No soy Rina, soy tu hija Milagros.

Cada vez que su padre desvariaba, Milagros se angustiaba, tomó a su padre del brazo, colocándolo una vez más frente al espejo.

—Mira tu rostro. Soy tu hija, mamá murió hace meses.

Jaime se contempló en el espejo por varios minutos. La marca de las arrugas en su rostro y las canas en sus cabellos lo hizo percatarse de que el tiempo había pasado.

«¿Por qué no recuerdo? Dios mío, ¿qué me pasa?», pensó. Se volteó para mirar a la mujer que decía ser su hija y ella preguntó.

—¿Amaste a Margarita más que a mi madre?

—No lo sé.

—¿No recuerdas las veces que mi madre te reclamó ese amor eterno que le prometiste a esa mujer?

—No sé. Lo que sí sé es que quise mucho a Rina. Margarita fue ese amor idealizado de la juventud.

—¿Recuerdas cuándo la conociste?

—¿A Rina o a Margarita?

—A mi madre sé cómo y cuándo la conociste, ella lo contó muchas veces. Me refiero a Margarita.

Jaime le contó a Milagros que conoció a Margarita cuando tenía veintidós años en un trabajo de la universidad que le asignaron para colaborar con una empresa de cultivo de flores en Volcán. La madre de Margarita mandaba flores hacia la capital, y por esos días solicitó financiamiento para expandir el negocio. Su hija la ayudaba.

—Fue amor a primera vista. Era la mujer más bella que he conocido.

—¿Más que mi madre?

—Tu madre es atractiva, pero Margarita es una reina de belleza.

—Era, papá. Recuerda que mamá falleció.

Jaime se quedó en silencio por un largo tiempo. Se resistía a creer que su esposa hubiera muerto y que él no lo recordara.

—¿Papá, sabes si Margarita está viva?

—¿Cómo voy a saberlo? Mi cabeza está vacía y mi corazón es incapaz de sentir dolor por la muerte de Rina.

—Papi, no te pongas triste.

—No lo estoy, ya te dije que no siento nada.

—El médico insinuó que no quieres recordar.

—Qué más quisiera yo que volvieran los recuerdos para no sentirme desorientado.

CAPÍTULO 7

La enfermera del doctor Urrutia llamó a Milagros para informarle del incidente que protagonizó Alfredo al enterarse de que su padre había sido dado de alta y su amenaza de demandar al médico cuando supo que ella se lo había llevado del hospital.

—Por favor, procure que no los encuentren, percibo que ese hombre es peligroso.

—Lo sé. Gracias. Seguiremos en contacto.

Milagros cortó la comunicación e intentó explicarle a su padre, pero él parecía no comprender la situación.

—Debemos salir de inmediato antes de que Alfredo nos encuentre.

—¿Quién es Alfredo?

—El marido de Patricia.

—¿Quién es Patricia?

—Tu otra hija.

—¿Tengo otra hija? —preguntó extrañado.

—Sí, ¿recuerda que fue a verte al hospital y tú no la reconociste?

—Ella no puede ser mi hija. Ni siquiera me simpatiza.

—Papá, es tu hija preferida.

—¿Preferida? Pero si ni siquiera la recuerdo.

Milagros observó la incomodidad de su padre y se apresuró a decirle:

—No te sientas mal, todos tenemos predilección por alguien. Tú eres mi preferido. Te lo he dicho muchas veces.

Jaime no contestó. Ahora, para colmo de males, le decían que esa mujer odiosa que lo fue a ver al hospital dándole órdenes era su hija favorita. Inadmisible.

Milagros tomó a su padre por el brazo y se dirigieron hacia los estacionamientos. Al salir del edificio vieron que una camioneta todoterreno se acercaba a velocidad. Su hermana Patricia descendió del auto gritándole que no podía llevarse a su padre.

Milagros aceleró el vehículo intentando el escape, pero Alfredo los persiguió y se acercó a ellos peligrosamente. En ese momento sacó una pistola de la guantera y la amenazó, pero Patricia se la arrebató de las manos y le gritó.

—¿No te das cuenta de que puedes herirlos?

—Me importa un carajo, esa mierdita no se va a burlar de mí.

Patricia tiró el arma al asiento trasero, mientras Alfredo, enfurecido, profería toda clase de insultos y maldiciones. De repente, cambió el tono de voz y le dijo a su esposa:

—Vamos a la Policía a presentar una denuncia por secuestro.

—¿Qué secuestro?

—El de tu padre.

—Pero no es un secuestro, recuerda que Milagros no es una extraña, sino su hija.

—No diremos que fue Milagros, sino los maleantes. La Policía es eficiente y actúa rápidamente en casos de secuestro. Después diremos que nos equivocamos.

—¡No puedo creerlo! No tienes límites.

—Mira, Patricia, ¿o estás conmigo o contra mí? Decídete.

—Ya he llegado demasiado lejos. ¿Qué más me queda que seguir de tu parte?

—No vengas con hipocresías. Siempre has detestado al viejo.

—Nada de eso, el que lo detesta, eres tú.

—No discutamos ahuevazones. ¿Me acompañas, sí o no?

—Está bien. Vamos.

Al llegar a la delegación de Policía los atendió un inspector que tomó nota de la denuncia y posteriormente les informó que debían presentarla en las oficinas de la Dirección de Investigación Judicial. Alfredo, de mal humor, esperó al detective encargado del Departamento de Secuestros. Cuando lo hicieron pasar al despacho del funcionario, se acercó a Patricia y le dijo que no pronunciara una sola palabra porque era capaz de contradecirse. Ella, bajó la voz y le dijo:

—Tú bien sabes que no sé mentir. Ese es tu miedo.

—No sabes hacer nada, nada.

—Hasta ahora he servido a tus planes, sin oponerme, a pesar de que en muchas cosas no estoy de acuerdo contigo.

—Por supuesto que no puedes estar de acuerdo conmigo, porque tú estás por debajo de mi nivel intelectual.

—¿Querrás decir de tu nivel de maldad?

Alfredo no respondió y entró a la oficina del detective sin saludar. Patricia estaba tan enojada que se quedó fuera.

—Soy el inspector Peralta, ¿en qué puedo servirle?

—Alfredo Valdivia.

—Tengo entendido que lo acompañaba su esposa, la hija del secuestrado. ¿Dónde está ella?

—Se quedó afuera, está nerviosa.

—Según el informe preliminar de la Policía, su suegro abandonó la clínica con otra hija, ¿es eso cierto?

—Así fue, pero cuando llegamos a su apartamento, vimos que se los llevaban a ambos en el propio auto de mi cuñada.

—¿Está seguro de lo que afirma?

—Claro que estoy seguro.

—Necesito hablar con su esposa.

Alfredo salió de la oficina y fue a buscar a Patricia en la sala de espera.

—El detective quiere hablar contigo.

—Me imagino que ya urdiste la historia.

—Compórtate y no levantes sospechas.

Patricia no respondió, Alfredo intentó tomarla por el brazo, pero ella se zafó con enfado. Al entrar a la oficina, el inspector Peralta le pidió a Alfredo que le permitiera hablar con su esposa a solas. Esto lo enfureció, pero disimuló para no crear polémicas.

—Señora, sé que debe estar afectada; sin embargo, necesito hacerle algunas preguntas.

—Dígame.

—¿Vio usted al hombre que se llevó a su padre y a su hermana?

—No, lo vio mi esposo.

—¿Usted no lo vio?

—Cuando él me dijo que mirara, ya se perdían en la distancia.

—Comprendo.

—¿Usted se comunicó con su hermana cuando lo dieron de alta?

—Sí, ella me avisó y por eso íbamos a visitarlo.

—Tiene algo que decirme que pueda ayudar a la investigación.

—No, todo fue tan repentino que no se me ocurre nada.

—Gracias, señora, la tendré al tanto de la investigación. Si el secuestrador se comunica con usted, me avisa. Instalaremos en su casa un equipo rastreador por si el secuestrador llama, pues los delincuentes ahora se comunican al celular de los familiares.

La experiencia del inspector lo puso en alerta. Algo en su interior le decía que esa mujer ocultaba algo. Le daba la impresión de que estaba amenazada por el esposo. Por ahora la dejaría ir, pero después la visitaría en su casa para interrogarla, asegurándose de que estuviera sola.

Al salir Patricia de la oficina del inspector Peralta, su esposo ya se encontraba cerca de los estacionamientos de la D. I. J. Ella subió al auto, sin decir una palabra.

Una vez en la casa, Patricia se encerró en su habitación y por más que Alfredo le tocó la puerta no se la abrió. Estaba enfadada por el comportamiento despreciable de su marido. Ella sabía que Alfredo no descansaría hasta aniquilar a su padre. Miserable.

CAPÍTULO 8

Milagros tomó la carretera Panamericana y se dirigió a la provincia de Chiriquí. Solo había visitado las tierras altas en una ocasión, durante un paseo de la escuela secundaria. Su madre reaccionó con furia y se negó a concederle el permiso, pero esa vez su padre se impuso y le dijo que podía ir. Su madre pasó una semana sin dirigirle la palabra a ninguno de los dos; estaba obsesionada por ese lugar en particular, que le traía malos recuerdos por la relación anterior de su esposo.

Luego de un rato de camino, don Jaime cerró los ojos, pero ella sabía que no estaba dormido; era su manera de evadir las constantes preguntas de su hija.

Milagros toma una de las manos de su padre y le dice:

—Cuéntame lo que recuerdes acerca de Margarita.

Él abrió los ojos lentamente y miró a su hija. Le sonrió, sin saber por qué razón recordaba hasta el más mínimo detalle de esa parte de su pasado. Sabía que su hija menor era tan persistente que no tendría otro remedio que contarle la historia. Además, estaba seguro de que no lo juzgaría.

Jaime comenzó su relato por el día en que conoció a Margarita en el negocio de flores en Volcán. El trabajo que le habían asignado en la universidad le tomó dos días, pero él se quedó quince, con la excusa de que necesitaba más información sobre los detalles del proceso de mercadeo y la calidad del producto. A partir de ese momento, viajaba todos los meses a visitarla. Al graduarse, tres años después, se empeñó en conseguir trabajo en Volcán y lo logró.

La familia de Jaime no estuvo de acuerdo con esa decisión y en cuanto conocieron a Margarita la rechazaron, culpándola de haberles arrebatado el amor de su hijo. La más enojada fue la madre, quien ejercía gran influencia sobre su esposo y cuando Jaime anunció su deseo de casarse, toda la familia se opuso. Su padre amenazó con desheredarlo, lo cual fue un duro golpe para Jaime, quien siempre había soñado con hacerse cargo de la empresa para modernizarla y que produjera mucho dinero.

—Hija, no tuve más remedio que separarme de Margarita. Nunca olvidaré el día de nuestra despedida. No lloró, siempre admiré su fortaleza; recuerdo que me miró a los ojos y dijo que estaba segura de que algún día yo regresaría por ella. Aseguró que nuestros sentimientos eran más fuertes que mi ambición, pero que si no vencía mi interés material, no era merecedor de su amor. Le contesté que mi decisión era firme y que no estaba dispuesto a renunciar al sueño de convertir la pequeña empresa de mi padre en una corporación. Sonrió y me dijo que cuando alcanzara todo ese éxito que anhelaba con tanto empeño, comprendería que solo el amor nos da la felicidad. Después de estas palabras dio media vuelta y se alejó. Permanecí en el lugar como una hora, sin saber qué hacer ni qué pensar. Poco después, llegó mi padre, quien había viajado desde la capital para buscarme, regresé con él.

Milagros escuchó en silencio, sin interrumpirlo, temerosa de que su padre se arrepintiera de terminar la historia. Como Jaime no proseguía, ella dijo:

—¿Nunca más supiste de ella?

—Una semana antes de casarme le escribí esa carta que nunca envié y que tu madre encontró días después de la boda.

—Papá, ¿por qué no la destruiste?

—Al principio la quise enviar, pero me faltó valor para hacerlo. Luego, tu madre le encontró y nunca me la devolvió. Creí que la había destruido y no entiendo por qué la conservó durante tantos años.

—¿Nunca sentiste curiosidad por saber qué había sido de la vida de esa mujer que tanto amaste?

—No lo sé, esa parte no la recuerdo.

—Creo que fue por consideración a mi madre, porque ella no lo hubiera soportado.

—Tienes razón, pues Rina fue celosa e intransigente desde el noviazgo.

—¿Y entonces por qué te casaste con ella?

—Porque ella me amaba intensamente y yo me dejé querer.

—Papi, ¿podrías describirme a Margarita?

—¿Por qué tanta curiosidad?

—Sabes que me encantan las historias de amor. Recuerda que desde pequeña me regañaban porque veía escondida las telenovelas.

Jaime recordaba esa parte de su historia, las constantes reprimendas de Rina a su Peque cuando la sorprendía viendo las novelas en el cuarto de las empleadas. Sonrió al recordar que su niña lo llamaba a gritos para que la rescatara. Milagros reiteró la pregunta y él respondió.

—Margarita era alta, delgada, de cabellos rojizos, ojos verdes, serenos, piel canela, bronceada. Poseía el garbo de una reina y cuando llegaba a un lugar, atraía todas las miradas. Además, era una chica culta. Tocaba la guitarra y cantaba precioso.

—¿Qué estudiaba?

—Una vez terminada la secundaria planeaba estudiar Administración de Empresas. Claro que eso fue antes de conocerme, pero durante los dos años que trabajé en Volcán abandonó sus planes, lo que molestó a su familia, pero ella poseía un carácter fuerte y no se dejó amedrentar. Consiguió trabajo de recepcionista en un hotel de Volcán para estar cerca de mí. Después que terminamos nuestro noviazgo no sé si continuó sus estudios.

—Papá, ¿ahora que eres viudo no te gustaría visitar a Margarita?

—Por nada del mundo. Ya no tengo ánimo y solo soy un viejo enfermo.

—Nada que ver. Pronto recuperarás la memoria. Además, eres un hombre joven, todavía, elegante y guapo.

—No tengo nada que ofrecerle.

—¿A qué te refieres?

—Me despojaron de todo, mi empresa, mi trabajo.

—Y, ¿quién te hizo eso?

—No lo sé. Se me olvidó otra vez.

—Te das cuenta, papá. Recordaste que te quitaron la empresa y tu trabajo.

—No sé cómo lo recordé.

—No importa, lo recordaste y punto, además tú dijiste que a Margarita no le interesaba el dinero.

—Eso era antes, pero ha pasado mucho tiempo.

—Las personas desinteresadas no cambian.

—Yo he cambiado, ahora lo que menos me importa es el dinero. Además, a lo mejor se casó.

—Puede ser.

Milagros detuvo el automóvil en Santiago de Veraguas para almorzar. Aunque el restaurante era modesto, la comida estaba buena y por primera vez en mucho tiempo, Jaime comió con apetito. Milagros le preguntó que si deseaba tomar una copa de vino. Él aceptó, le pidió a la camarera que también le trajera una cajeta de cigarrillos.

—¿Cigarrillos? Pero si tú no fumas. Decía mi madre que dejaste de hacerlo durante la luna de miel.

Jaime no respondió, pero insistió en que le trajeran cigarrillos de cierta marca y cuando la camarera le dijo no conocerla, Milagros entendió que su padre pensaba en el pasado y que había olvidado que ya no fumaba.

—Traiga, la mejor marca —acotó Jaime.

Salió a la calle a fumar, pero al aspirar el humo, empezó a toser. Sin embargo, insistió en continuar, a pesar de que cada bocanada de humo le producía asco. Al no poder controlar la sensación de náuseas, apagó el cigarrillo y regresó a la mesa donde lo esperaba su hija.

—No recuerdo cuándo dejé el cigarrillo, pero ya no me causa placer, sino asco. Eso debió suceder hace años.

Milagro asintió con la cabeza y cuando terminaron de almorzar pagó la cuenta. Le preguntó a su padre si estaba cansado, pero él respondió que no y continuaron el viaje.

El inspector Peralta visitó a Patricia, asegurándose antes de que estuviera sola. Ella demostró extrañeza y le dijo que no solía recibir a nadie sin la compañía de su esposo.

—No se trata de una visita social.

—Lo sé, pero él tiene mal carácter.

—Señora, la información que nos dio su esposo no coincide con la de los vecinos. Investigamos y dos de sus vecinos vieron salir a su padre con su hermana Milagros. Esa versión es diferente a las que ustedes nos dieron.

—Les dije que no pude ver con quién iba mi padre.

—Señora, recuerde que ocultar información es un delito y mucho más grave es denunciar un falso ilícito.

—Inspector, por favor, es mejor que regrese cuando esté mi esposo.

—Así lo haré.

Dos horas después, el inspector regresó y encontró a Alfredo iracundo, pero el policía lo amenazó con conducirlo a las instalaciones de la D.I.J. si continuaba faltándole el respeto. Alfredo se tranquilizó y le confesó al inspector que le había dicho que era un secuestro para que ellos mostraran interés en el caso.

CAPÍTULO 9

Al llegar a David, Milagros retomó el tema y le preguntó a su padre el apellido de Margarita. Él respondió enseguida.

—Guerra.

—¿Vivía en Volcán?

—Sí, así es.

—Papá, ella era cuatro años menor que tú. ¿No es así?

—Sí.

—Entonces debe tener cincuenta y cuatro años.

Milagros y su padre se registraron en un hotel discreto, cerca del parque Cervantes. Milagros solicitó dos habitaciones.

—Prefiero una habitación doble —dijo Jaime.

Milagros observó la malicia en el rostro de la recepcionista y airada le explicó que el señor era su padre. Su molestia aumentó cuando la joven preguntó si deseaban dos camas o una sola.

—Dos camas —espetó con seriedad.

Jaime estaba distraído y no percibió el malestar de su hija ni mucho menos sus explicaciones. Una vez en la habitación arregló la ropa y le preguntó a su padre si deseaba cenar.

—Estoy cansado, por favor, pídeme un emparedado y un vaso de leche. Me acostaré enseguida.

—Buena idea, papi, yo haré lo mismo.

Antes de acostarse, Milagros abrazó a su padre y le dijo que no tuviera miedo, pues comprendía lo vulnerable que se sentía.

—Nadie te hará daño y verás que pronto recuperarás tu vida.

—Sí, mi querida guerrera.

Milagros volvió a abrazarlo y él, apretándola fuerte, le dijo:

—No sé si te he dicho cuánto te amo. Ahora me asalta la duda, porque todo se me olvida; por si acaso, te lo repito.

—Y yo a ti, papi. Nunca me cansaré de escuchártelo repetir. Sé que me amas, pero tal vez antes no tenías tiempo de decírmelo.

—Peque, no tengo noción del tiempo. Eso también lo he olvidado, pero nunca olvidaré cuánto te quiero.

A pesar del cansancio, Milagros no se podía dormir. Conocía a Alfredo lo suficiente para saber que no se iba a quedar de brazos cruzados. Él era capaz de cualquier cosa para lograr sus objetivos. Pero él no había calculado que ella lucharía hasta la muerte por defender a su padre.

Milagros despertó sobresaltada, su padre no estaba en la cama, buscó en el baño y tampoco lo encontró. Se vistió y bajó a toda prisa. En la recepción, le dijeron que su padre estaba desayunando en la cafetería. Milagros entró casi corriendo y observó que su padre, leía tranquilamente el periódico. Se acercó y le dijo:

—Papá, me asusté cuando no te encontré en la habitación.

—Tranquila, me desperté temprano y sentí fatiga. No quise despertarte para que descansaras.

—Está bien, subiré a la habitación a arreglarme y volveré en media hora. No te muevas de aquí.

—Sí, jefa —respondió su padre sonriendo.

Minutos después, Milagros regresó a la cafetería. Lucía bellísima y captó las miradas de todos los presentes. La hija superaba en belleza a su madre. En una ocasión Rina le comentó a su esposo que su Milagros había sacado lo mejor de los dos y que por eso era tan bonita.

Jaime se percató de que ciertos recuerdos llegaban a su mente de manera espontánea, pero de la misma forma se iban y volvía a olvidar. Desde que emprendieron el viaje, ya no se forzaba en recordar, pues sentía que cuando lo hacía, su mente se bloqueaba. Además, si recordar implicaba sufrimiento, prefería seguir en esa especie de limbo.

Milagros se sentó a su lado y pidió el desayuno. Mientras conversaban notó a su padre más tranquilo. Su semblante reflejaba serenidad y hasta se podría decir que había rejuvenecido. Días antes del colapso, su padre se veía extenuado y sin deseos de vivir.

—Papá, dentro de un rato iremos a Volcán.

—¿A qué vamos allá?

—Tengo curiosidad por saber qué fue de Margarita.

—Hija, lo más seguro es que ella ya no se acuerde de mí.

—Eso no es posible. Aunque ha pasado mucho tiempo, no creo que ella te haya olvidado.

—¿Y por qué me va a recordar?

—Por la sencilla razón de que eres inolvidable —y apenas dijo esto, Milagros cantó con voz dulce y suave:

En la vida hay amores
que nunca pueden olvidarse,
imborrables momentos
que siempre guarda el corazón.
Pero aquello que un día nos hizo
temblar de alegría

es mentira que hoy pueda olvidarse
con un nuevo amor...

Al terminar la melodía, Jaime aplaudió con entusiasmo y a estos aplausos se unieron los de un joven atractivo, que desde una mesa contigua no perdía detalle de la escena. Era blanco, de cabellos castaños y ojos negros. Él la saludó con una sonrisa jovial. Ella inclinó la cabeza para devolver el saludo.

Cerca de las diez de la mañana emprendieron el camino hacia Volcán. Minutos antes de llegar al pueblo, se detuvieron en un puesto de ventas de frutas y dulces, pues Milagros quería hacer algunas indagaciones.

—Papá, ¿recuerdas el apellido de Margarita?

Milagros insistía en repetir algunas preguntas para que su padre ejercitara la memoria.

—Déjame pensar... Guerra; sí, Margarita Guerra.

Jaime hizo un esfuerzo para seguir recordando. Los eventos antiguos invadían su mente, pero de su pasado inmediato no recordaba nada. Con su mirada perdida en la distancia, contemplaba el panorama: una calle extensa, con hilera de casas a ambos lados, una cordillera nubosa y un aire fresco a pesar del sol del mediodía. Los patios de las casas estaban lavados por una reciente llovizna y un hombre silbaba cerca, mientras una mujer gorda y entrada en años, agarrada de la mano de un anciano de andar aburrido, cruzaban con lentitud frente a él. A la derecha, un poco más adelante, en un restaurante con apariencia hogareña, hombres y mujeres comían y conversaban.

Milagros abrió la puerta del automóvil, se bajó y se dirigió a una señora como de sesenta años que se encontraba vendiendo dulces a la pareja de ancianos. Pidió dos porciones de dulce de zanahoria, una bandeja de huevitos de leche y dos refrescos de zarzamora.

No sabía cómo hacer la pregunta, pero la mujer facilitó su tarea mientras le daba el vuelto:

—¿Primera vez que viene por aquí?

—Pues sí, busco a una amiga de mi padre, pero no sé si todavía viva en la región. Mi padre la conoció hace más de treinta años.

—¡Criatura! Ha pasado mucho tiempo. ¿Cómo se llama la amiga de tu padre?

—Margarita Guerra.

—¿Margarita? Ah, ¿y quién no la conoce?

—¿De veras? —estaba a punto de darle un abrazo a la señora.

—Les será fácil ubicarla. Es la propietaria del hostal El Edén, no se perderán. Los turistas vienen de lejos preguntando por el lugar.

Milagros se alegró. Localizar a Margarita resultó mucho más fácil de lo que pensó. En ese momento, una indiecita gnöbe, como de siete años, entró corriendo al local:

—¡Señorita, al señor de su carro le dio un faracho!

CAPÍTULO 10

Milagros llegó corriendo al lado de su padre. Estaba convulsionando. Empezó a gritar, fuera de sí y asustada. De un auto que se estacionaba en ese momento, al lado de ellos se bajó un joven que ella reconoció de inmediato. Era el que la aplaudió en la cafetería del hotel.

—¡Por favor, ayúdeme! ¡Mi padre tiene convulsiones!

—Tranquilícese, soy médico.

El joven abrió la puerta de la camioneta de Milagros y extendió el asiento hacia atrás, mientras le hablaba a Jaime. El hombre comenzaba a tranquilizarse, aunque se notaba un poco desorientado.

Milagros insistía en regresar a David para internar a su padre, pero el médico le dijo que lo llevara al Centro de Salud, que estaba cerca de ahí.

—Solo tienes que seguirme en tu auto, yo trabajo allí, ahí tenemos anticonvulsivos si es necesario, o podremos hacer un mejor diagnóstico.

Milagros se quedó viéndolo, como si evaluara la situación en que se encontraba.

—Disculpa, no me he presentado. Soy el doctor José Alejandro Guerra. Y no perdamos más tiempo. Sígueme hasta el Centro de Salud.

Milagros obedeció. Ya su padre respiraba mejor, pero aún se veía agobiado.

Apenas llegaron, José Alejandro les pidió a dos enfermeros que colocaran a Jaime sobre una camilla, le pidió a Milagros que esperara unos minutos que le practicaría algunos exámenes de rigor. Media hora después salió, sonreído.

—La presión un poco alta, algo de ansiedad. Nada que este clima y los alimentos de por aquí no le puedan arreglar. Se quedó dormido. ¿Piensan quedarse varios días?

Milagros dudó en responder. Se acercó a su padre, quien se mantenía unido a un equipo de venoclisis. Otra vez se notaba el color de su rostro.

—Veníamos en busca de una persona.

—Ah, ¿sí? ¿Quién?

—Me dijeron que es la dueña del hostal El Edén.

El joven médico se rio con ganas, pero enseguida recordó que el paciente necesitaba reposo e invitó a Milagros a salir de la pequeña sala.

—¡No me digan que vienen a visitar a mi tía Marga!

—Pues sí, Margarita Guerra.

—¡Me hubieses dicho eso desde el principio! Ella es como mi madre. Si me permites, aviso en la recepción, dónde voy a estar y vamos de inmediato.

—¡No, no!

—Pero, ella debe estar esperándolos, ¿le avisaron?

—No, doctor, lo que sucede…

—Un momento, aquí solo tu papá puede llamarme doctor; para ti soy José Alejandro, ¿entendido?

—Está bien, y te agradezco mucho lo que has hecho, yo soy…

—Milagros Alvarado, esa fue la primera pregunta que le hice a tu papá. Ya sabes, los médicos siempre preguntamos eso para certificar la orientación del paciente.

Milagros se ruborizó y quiso disimularlo riendo abiertamente.

—¿No es que se pregunta sobre la fecha y eso?

—¡No qué va! Eso era antes.

—Pues, como te decía, te agradezco mucho…

—Oh, oh. Esa es otra cosa que no puedes hacer, agradecerme. ¿Te he agradecido yo, acaso, por la hermosa canción de esta mañana? Porque no se te ha olvidado que fui yo quien te aplaudía en la otra mesa, ¿eh?

—No, claro que no, esa canción era para mi padre.

—Y para los que pusimos mucha atención mientras cantabas, así que estamos a mano. De modo que no conoces a mi tía Marga.

—Pues, en verdad, no. Pero mi padre sí.

—Ah, eso explica todo. Ellos son amigos.

—Por lo menos lo fueron, cuando ambos eran jóvenes.

—Entonces, no más explicaciones, te hospedarás en el hostal de mi tía.

En pocos minutos llegaron al hostal El Edén, pero Margarita no se encontraba; la recepcionista dijo que andaba por el pueblo, pagando unas cuentas. Milagros se instaló en una habitación doble; José Alejandro la ayudó y regresó con ella al Centro de Salud. De acuerdo con sus pronósticos, al anochecer, su padre podría irse para el hostal sin problemas. Y así fue.

Don Jaime estaba recuperado. Cenó algo ligero y luego Milagros lo acompañó para que se acomodara en la habitación. Al poco rato la llamó José Alejandro para preguntarle si todo andaba bien y pedirle que lo acompañara a cenar en la cafetería del hostal. Ella aceptó con gusto, deseaba hablar con él sobre la salud de su padre. Además, le había pedido que no mencionara nada a su tía sobre la visita de su padre; quería prescindir de cualquier sobresalto, con lo que él estuvo de acuerdo.

En la cafetería le contó a grandes rasgos los antecedentes clínicos de su papá. El doctor Guerra le prometió referirlo a un colega neurólogo en David, para que lo evaluara, pero le afirmó que por ahora podía estar tranquila, que ese episodio de hipertensión y de ansiedad se curaba con el aire de Volcán.

En medio de la cena, Milagros vio aparecer por una puerta a una mujer que le llamó la atención. La cafetería estaba llena a esa hora, pero esa mujer en particular le hizo levantar la cabeza y seguirla a medida que cruzaba el salón. José Alejandro no pudo ignorar esa mirada y volteó a ver al objeto de curiosidad de su amiga. Casi al mismo tiempo, exclamó:

—¡Mira! ¡Llegó mi tía Marga!

No cabían dudas. Ella la identificó enseguida. «Preciosa, como la describió mi padre», pensó. De pronto, la recién llegada notó la presencia de su sobrino y de la muchacha y se dirigió hasta ellos. A él lo saludó con un sonoro beso en la mejilla, a Milagros, extendiéndole la mano mientras la miraba fijamente. Los ojos soñadores de Margarita la cautivaron. Parecía una niña grande. Las personas que logran conservar la inocencia de los niños son confiables. Su padre le contó que Margarita soñaba con ser propietaria de un hotel, y pudo lograrlo. Le gustaban las personas luchadoras que alcanzan sus metas.

José Alejandro, a modo de presentación, le dijo a Milagros que su tía no solo era una mujer bella y elegante, sino un ser humano maravilloso. Y era cierto. Cuando le habló, una hermosa y franca sonrisa iluminaba su rostro.

—Me comentó la recepcionista que estabas aquí en compañía de una joven elegante, y veo que es cierto. No sé si entendí mal, pero creo que deseaba usted hablar conmigo ¿Es así?

—Sí, señora. Soy hija de Jaime Alvarado —dijo Milagros de sopetón.

Margarita se sentó al lado de ambos, y repitió el nombre.

—Jaime Alvarado.

Hacía más de treinta años que no sabía de él. Ya no pensaba volver a tener que pronunciar ese nombre en voz alta, aunque seguía teniéndolo en el pensamiento. Milagros, después de unos segundos, la interrumpió:

—¿Lo recuerda?

Margarita tampoco respondió. José Alejandro se puso en pie con la excusa de ir a pagar la cuenta y de tener que acudir al Centro de Salud. En realidad, quería dejarlas solas para que pudieran conversar. Se despidió de su tía con un beso y a Milagros le sonrió inclinando la cabeza y haciéndole una mímica que significaba: «Te llamo luego».

Solo en ese momento se le pasó por la mente a Milagros que Margarita podía guardarle rencor a su padre. Aunque, una persona que incubara tales sentimientos no podría conservar la belleza y serenidad que reflejaba su rostro.

—Cuéntame, ¿qué es de él? ¿Por qué no está aquí?

Su voz sonó fría, medida, como decidida, a no dejar entrever ninguna emoción. La muchacha le contó que su padre estaba enfermo, que había enviudado poco tiempo antes y que su yerno lo desposeyó de sus bienes y, para colmo de males, no recordaba mucho de su pasado.

Margarita escuchaba en silencio. Una expresión de tristeza opacó su mirada y un rictus de amargura apareció en su boca. Ella era una mujer madura que poseía la habilidad para controlar y equilibrar sus pensamientos, su voluntad, sus sentimientos y era capaz de enfrentar disgustos y frustraciones sin quejas ni abatimientos. Siendo humilde y bondadosa, no pudo menos que sentir una enorme tristeza por las desventuras de su primer amor.

Margarita había perdonado a Jaime, casi enseguida. Ella pensaba que el perdón es una expresión de amor a uno, pues el rencor amarga el alma y enferma el cuerpo. El perdón no es olvido, ni significa justificación, tampoco es resignación ni aceptación. Más bien es liberarnos de los pensamientos negativos que nos hacen sufrir, es dejar ir el dolor, pues la falta de perdón es veneno y destruye el espíritu. Para ella solo valía perdonar. Por eso pudo recuperar la alegría de vivir, de amar y su disposición para celebrar la vida en cualquier momento y circunstancia. Ella era de esas personas que tienen el don de alegrar el entorno.

Dios le concedía la oportunidad de reencontrarse con Jaime, de estrechar su mano, de escuchar el acorde de su voz, que para ella equivalía a una conmovedora serenata. Aunque él no la recordara, elevaría una plegaria por su salud y disfrutaría de los mínimos detalles de su compañía. Tal vez estaba soñando, ella siempre fue una soñadora. De repente, contrajo el rostro como dudando y se sumergió en sus pensamientos. Milagros notó el cambio, pero no dijo nada.

No estoy preparada para reencontrarme con Jaime y menos en su estado actual: enfermo. No es resentimiento, la verdad es que no siento nada. El Jaime que yo amé fue otro, alguien que nunca existió. El que me abandonó por presiones de su padre, por cobardía o ambición, no fue mi novio. Era un extraño al que nunca eché de menos, pero me dolió su engaño, su abandono.

Margarita nunca se lamentó del sufrimiento que le produjo la partida de Jaime. Si no lo hubiera experimentado, no tendría profundidad como ser humano, ni humildad, ni compasión. El sufrimiento es necesario hasta que dejas de sentirlo. Cuando aprendes la lección, ya no lo necesitas.

No quiero parecer una mujer cruel. No lo soy. Esta chica se ve que adora a su padre y está angustiada. Hay algo en su mirada que me recuerda a ese Jaime que tanto amé.

Milagros esperaba pacientemente la respuesta de Margarita, que parecía perdida en sus cavilaciones.

—Dígame algo, Margarita.

—¿Qué te puedo decir? Ha pasado mucho tiempo. Además, dijiste que tu papá perdió la memoria. ¿No es así?

—Sí, pero la memoria inmediata. A usted sí la recuerda.

—No lo creo, a mí me olvidó hace más de treinta años.

—Se equivoca.

Milagros le entregó a Margarita el arrugado sobre que contenía la carta escrita por su padre y que nunca le envió. A insistencia de Milagros, Margarita la leyó. Como ella no hizo comentarios, Milagros dijo:

—Esa carta fue motivo de discusiones constantes entre mis padres. Mi madre siempre le reprochaba, pues decía que usted fue el gran amor de mi papá.

—Pero se casó con ella.

—Sí, pero la amaba a usted.

—Ya te dije que eso fue hace mucho tiempo. ¿Qué pretendes?

—Que mi padre recupere su vida. No le pido que lo ame, sino que lo perdone.

—¿Crees que a él le interese mi perdón?

—Estoy segura de que sí y tal vez hasta puedan ser amigos.

—Eres una romántica, bueno a tu edad todas lo somos.

—Margarita, solo le pido que cuando se encuentren, sea compasiva con mi padre. Deseo saber si al verla, él la reconoce. Solo eso le pido.

—Está bien, recuerda que dijiste que solo me pedirás eso.

—Se lo prometo.

Al día siguiente, temprano, Jaime y Milagros tomaron el desayuno y salieron a dar un paseo por los alrededores. El campo era extenso, el clima delicioso y se respiraba aire puro. Ya habían caminado media hora cuando los alcanzó José Alejandro en el auto. Dijo que pensaba que desayunarían juntos, pero no contaba con que ambos eran tan madrugadores. Le recordó a Jaime que pasara por el Centro de Salud más tarde, para una evaluación general.

Así lo hicieron, y para satisfacción de todos, la salud de don Jaime mejoraba notablemente.

—¿Ya ves, Milagros? El aire de Volcán obra milagros.

Ambos rieron por la ocurrencia. El doctor estaba interesado en saber si se produjo el encuentro entre su tía y Jaime.

—No, no se ha dado la oportunidad. Además, quiero que esto sea espontáneo, no forzado.

—¿Y qué se te ocurre, mujer?

—El menú de la cafetería dice que las cenas son amenizadas por grupos musicales. ¿Eso es cierto?

—Sí, los viernes contratamos un trío de cuerdas,

unos mariachis para el sábado y los domingos música rock. Hasta se puede bailar.

—Un sábado de estos, quiero arreglar un encuentro entre ellos, cuando vea que mi papá está mejor, y esté segura de que no se impresionará mucho. Por favor, ayúdame a coordinarlo. Necesito que Margarita llegue al mismo tiempo que el grupo de mariachis cante una canción en especial. Les pagaré.

—No es necesario. Ellos están en el hotel para complacer a los clientes. ¿Qué canción deseas?

—Cuando mi papá y tu tía fueron novios, su canción preferida era: «Se me olvidó otra vez». Él me lo contó cuando veníamos en camino. Parece una ironía, pero me dijo que ella siempre tuvo el presentimiento de que mi padre la abandonaría. Creo que si él escucha esa melodía y la ve a ella, tal vez recobre la memoria.

—Entonces planeas que tu padre y mi tía…

—No, solo deseo animarlo y sé que la presencia de tu tía lo puede lograr.

José Alejandro le contó a Milagros que su tía tuvo muchos pretendientes, pero nunca se casó. Administró durante cinco años un hotel en Boquete y dos años después de graduarse, solicitó un préstamo a un banco para comprar un pequeño hotel en su natal Volcán, que transformó en hostal y luego en una especie de casa de descanso, meditación e instrucciones para una vida plena.

—Justo lo que necesita mi padre —dijo Milagros.

Una llamada al celular de José Alejandro interrumpió la conversación. Era su amigo el neurólogo y en pocas palabras lo puso al tanto de los síntomas del paciente. El especialista le dio cita para las cuatro de la tarde, en David.

CAPÍTULO 11

Al llegar a la habitación, Milagros encontró a su padre leyendo un manual.

—¿Qué lees, papi?

—Un manual que estaba en la gaveta de la mesita de noche. ¿Sabes hija que este no es un hotel como cualquier otro?

—No, ¿y qué tiene de particular?

—Es un lugar de recuperación. Practican el Ayurveda. ¿Sabes lo que es eso?

—No.

—Es un sistema curativo de la India, posiblemente el más antiguo del mundo. Sus raíces se remontan a la era védica. Trata el cuerpo, la mente y el espíritu de una manera integral. Está relacionado con una visión yógica profunda de la vida y la conciencia.

—Papá, ¿recordaste ese conocimiento?

—No, lo leí en el panfleto.

Milagros no tuvo más remedio que reírse.

—Ayurveda es también uno de los sistemas de medicina alternativa más prestigioso. En el contexto occidental, Ayurveda utiliza la Medicina Naturista y abarca todos los campos de las escuelas médicas de Naturismo —concluyó Jaime.

—Papá, no creo en las casualidades. Esta es una coincidencia, o mejor dicho el sincro-destino —dijo Milagros con expresión meditativa.

—¿Sincro-destino?

—Sí, la intención es una semilla en la conciencia o espíritu y posee los medios para lograr su cumplimiento.

Esa intención es la que genera eso que conocemos como «coincidencias».

—¿De veras?

—Sí. Nosotros somos capaces de generar cambios positivos en nuestras vidas a través de la intención. Por esa razón, cuando pensamos en algo con fuerza, ocurre. Las coincidencias son pistas y mensajes provenientes de Dios que permiten acceder al conocimiento de que somos amados y cuidados por su inteligencia infinita.

—Hija, cuando lo dices así, suena tan bonito.

—Es que lo es, papá. Por eso se conoce esa sensación como «estado de gracia».

—Hija, deseo sentirme en estado de gracia.

—Entonces debes aprender a valorar las coincidencias como mensaje que orientan nuestro destino. Ten la seguridad de que nuestra intención puede influir en esa dirección.

—¿Dónde has aprendido todo esto?

—¿Recuerdas mis clases de Yoga? Tú mismo me las pagabas.

—No lo recuerdo.

—No te preocupes. Compartiré contigo mis enseñanzas y volverás a aprender.

El neurólogo amigo de José Alejandro lo encontró recuperado, y de los exámenes practicados hasta ese momento no se podía deducir una causa orgánica para su problema de memoria. Le indicó que descansara, que evitara el estrés y que procurara rodearse del amor de los suyos.

Milagros aprovechó la coyuntura para inscribir a su padre en el programa de Ayurveda. Desde el principio congenió con el facilitador, Ignacio Barría, un médico internista retirado, a quien múltiples decepciones lo alejaron de su gremio. Fue una profunda depresión la que lo llevó hasta Volcán, donde conoció a Raquel, íntima amiga de Margarita y sicóloga de profesión.

Durante veinte años laboró en el Hospital Sam Jorge, donde se inició su internado y su residencia. También atendía su consulta privada en una de las clínicas más prestigiosas de la capital. Gremialista, combativo, luchó por mejoras en el sistema de salud, lo que le granjeó enemigos políticos, poderosos. Se casó joven y diez años después se divorció. Un matrimonio sin hijos es difícil de mantener, sumado a que permanecía siempre ocupado en el hospital y en reuniones gremiales.

Ignacio sorprendió a su esposa, siéndole infiel en su propia casa. A partir de ese momento esa escena se anidó en su mente. La voz de la culpa, lo acusaba, identificándose con ella y hasta justificando la conducta de ella. Pasaba horas en el hospital y no sacaba tiempo para convivir como pareja. Cada vez que ella demandaba atención, él se encerraba en un mutismo lacerante. Al perderla, en su mente hervían especulaciones perversas y creó pensamientos distorsionados. Una vez que la desdicha se apodera de una persona, esta evita ponerle fin y trata de que los demás se sientan igual de infelices para alimentarse de sus reacciones emocionales negativas.

El dolor es una forma de energía, compuestas de emociones, que vive en el interior de la mayoría de los seres humanos. Tiene su propia inteligencia primitiva, parecida a la de un animal astuto, y su principal objetivo es la supervivencia. Igual a todas las formas de vida, necesita alimentarse periódicamente y la energía que genera es compatible con la suya propia, o sea que vibra en una frecuencia semejante. Toda energía emocionalmente dolorosa puede convertirse en su alimento. Es por eso que al dolor le agradan los pensamientos negativos y el drama de las relaciones humanas. Es como una adicción a la infelicidad.

Para atenuar el sufrimiento, Ignacio se refugió en su trabajo. Semanas después descubrió que el jefe del servicio de cardiología encubrió una negligencia médica que le costó la vida a un hombre de cuarenta y tres años, padre de cuatro niños, único sostén de su hogar. El mismo día que denunció el hecho ante los medios de comunicación, renunció a su cargo como médico internista y meses después se acogió a su jubilación.

Ignacio tenía algunos proyectos, pero todos en el aire. Meses después del retiro cayó en una depresión. Al complicarse su salud física y emocional, recurrió a un siquiatra. El médico le aconsejó que viajara al interior y él decidió ir a las tierras altas de Chiriquí. Se hospedó en el Hostal El Edén y conoció a Raquel, una sicóloga clínica. Durante su sicoterapia le contó su historia de tristezas, angustias, fracasos y decepciones.

Una vez que aceptó sus conflictos, su dolor y su depresión, Ignacio inició su recuperación física y espiritual. Entre ambos nació una bella amistad. Raquel, viuda desde hacía algunos años, compartía con Ignacio intereses culturales. A ambos les gustaban las mismas actividades y al poco tiempo decidieron cumplir un sueño en el que coincidían: conocer la India.

Se organizaron y, pocos meses después, emprendieron el viaje. Apenas que llegaron buscaron información sobre el método Ayurveda; por ese entonces solo pensaban adquirir experiencias sobre el particular, y tal vez regresar con un par de buenos libros. Hasta ese momento eran apenas dos colegas vinculados por un interés compartido.

Pero una de las primeras noches en el milenario país, luego de recopilar toda la información al alcance de ambos, Raquel lo invitó a su habitación. Ignacio se mostró indeciso, pues no era hombre de aventuras. Durante sus años de casado jamás le fue infiel a su esposa, por esa razón, fue difícil perdonar su infidelidad, aunque en cierto modo, la justificaba.

Ignacio no se movió, todavía sorprendido por la invitación, pero Raquel lo tomó por un brazo y lo condujo casi a rastras hasta su habitación. A lado de la cama, en una mesa pequeña, tenía ella una botella de champaña en una jarra con hielo. Después de servir sendas copas, Raquel encendió su computadora portátil y dejó que desde allí fluyera la embrujadora música de un sitar indio. Luego, en silencio, brindaron, sus cuerpos juntos como si danzaran con aquella melodía. Por primera vez en mucho tiempo Ignacio se sintió feliz, las copas y la proximidad de la bella mujer lo ayudaron. Ella se pegó a su cuerpo y él deslizó la mano por su cintura para acercarla más y más. La respiración agitada de Raquel lo excitó y la besó con pasión. Su lengua pasó por la de ella suavemente. Se entregaron a sus caricias y se correspondieron con audacia.

Ella estaba preparada ya para ser la amante tantas veces descrita por la literatura erótica hindú, aprendió eso, pero nunca antes tuvo la oportunidad de poner en práctica sus conocimientos porque fueron adquiridos después de su viudez, de manera virtual. Ignacio le besó los pechos, levantando la cabeza para admirar los hermosos ojos negros de Raquel. Ella sonrió y le dijo:

—Ignacio, permíteme darte el placer que mereces. A partir de hoy dile adiós a tu depresión. Lo que sí te aseguro es que no podrás vivir sin mí. Pero antes, te propongo que te quedes a estudiar aquí, como siempre lo has querido, hazlo día y noche; yo regresaré para esperarte, para llenarte de amor.

A la mañana siguiente, cuando buscó a Raquel, ya ella había bajado a desayunar. Miró el reloj y no podía creer que durmiese nueve horas seguidas. Cuando bajó a la cafetería, vio que en una mesa al fondo le sonreía Raquel.

—Eres la mujer más sensual y maravillosa que he conocido.

—Tú también eres encantador.

—Amor, no quiero separarme de ti.

—No te preocupes, hablé con el instructor de Ayurveda y dijo que tiene un plan especial para prepararte en seis meses.

—¿Por qué no te quedas?

—Demoraría más tu instrucción, y es probable que no la asimiles como debe ser.

—¿Cómo haré para vivir sin ti?

—Los has hecho todos estos años.

—Sí, pero no te conocía. Ahora sé que mis noches pueden ser... —Ignacio guardó silencio y una sonrisa pobló sus labios.

—No seas lujurioso.

—No lo soy, pero nunca antes llegué a sentir esto.

—Eso me garantiza que regresarás a mi lado —dijo Raquel, mientras lo acariciaba por debajo de la mesa.

—No lo pongas en duda.

Raquel regresó a Panamá, a Volcán, y seis meses después, al terminar su entrenamiento, Ignacio estuvo de vuelta y le propuso a Margarita incorporar al hostal los servicios de una medicina alternativa, integral, ejercida por ellos dos. Desde entonces, el hostal adquirió renombre internacional, y recibía gentes de todas partes del mundo, atraídas por sus beneficios.

A su regreso de la India, Ignacio y Raquel se casaron. Celebraron la fiesta en el hostal El Edén y Margarita fue la madrina de bodas. Ignacio sintió que Raquel era la compensación a su matrimonio anterior y a las decepciones recibidas en el sistema corrupto en donde laboró tantos años. Los esposos se complementaron perfectamente, ella como sicóloga y él como sanador. Trabajaban en equipo, y lograban rápidas mejorías en sus pacientes. Cuando tenían tiempo libre se les veía juntos, abrazados como dos enamorados. Al contemplarlos, muchas veces Margarita sintió nostalgia, recordando a su único amor: Jaime.

Milagros no había oído hablar del Ayurveda, pero de inmediato comenzó una investigación. La literatura sobre el tema era casi inexistente, a excepción de un libro que le prestó Margarita, pero completó su información, gracias al Internet. A ella también le simpatizó Ignacio, tenía buenas referencias de él por parte de Margarita. Además, por primera vez desde su colapso, su padre mostraba interés en recuperarse.

CAPÍTULO 12

Jaime le entregó a Ignacio la bolsa de sus medicamentos y le señaló los que el neurólogo le había suspendido de inmediato. Este reconoció que eran casi los mismos que a él le habían recetado años atrás. Esa coincidencia lo alertó a leer el nombre del siquiatra. Era el mismo médico e iguales prescripciones. Enseguida recordó lo que Raquel decía cuando él mencionaba la palabra «casualidad»: «No existe casualidad y cuando veas una coincidencia, dale la importancia que se merece.»

Ambos hombres charlaron por varias horas, hasta que Milagros entró a la oficina y le dijo a su padre que era la hora de tomar sus medicinas.

—Perdona, Milagros, pero la única que tomará Jaime será la de la presión y le disminuiré la dosis. Su hipertensión puede controlarse con una dosis menor.

—¿Consultaste con su neurólogo?

—No, pero lo hice con tu padre.

—¿No le vas a preguntar a su médico?

—Ignacio es ahora mi doctor—terció Jaime.

—No es necesario que me llames con tanto protocolo.

—Y entonces, ¿cómo te digo?

—Ignacio.

Milagros, inconforme, movió la cabeza de un lado a otro. Intentó convencer a su padre de que suspender los medicamentos, podría ponerlo en riesgo, pero Jaime estaba decidido a no depender de esos químicos que él consideraba una droga legalizada.

Ignacio se mantenía al margen de la discusión hasta que consideró necesario intervenir. Le explicó a Milagros que la mayoría de los trastornos mentales son inventados por algunos siquiatras en contubernio con los laboratorios de psicotrópicos.

—No le suspenderé los medicamentos de la hipertensión, sino los psicotrópicos —reiteró.

Como Milagros permanecía en silencio, Ignacio agregó.

—Hace más de cuarenta años, importantes siquiatras se reunieron en Puerto Rico para planificar su ideal del futuro. Su plan era: crear para el año 2000 una gama de fármacos siquiátricos que regularan cada aspecto del comportamiento humano. Cien millones de personas en el mundo toman fármacos siquiátricos.

Padre e hija se mantuvieron atentos a las explicaciones, sin preguntar ni opinar al respecto. Ignacio continuó:

—¿Cómo ocurrió esto? Los siquiatras convencieron a sus pacientes de que estaban enfermos. Todos nos sentimos ansiosos de vez en cuando y también nos deprimimos. Desconocen lo que ocasiona los síntomas y no poseen cura para ninguna de las enfermedades mentales, pero aseguran que los medicamentos controlaran sus males. Estos fármacos llegan al público pese a que se desconoce el 50 % de los efectos secundarios que provocan. Hoy en día, estos medicamentos incluso son recetados por médicos generales. El auge de este negocio se logró con mercadotecnia. Las compañías farmacéuticas han aumentado su lista de psicotrópicos.de cuarenta y cuatro en 1976 a un 170 % a la fecha.

Milagros lo interrumpió, diciendo que era la locura más grande que había escuchado, algo así como una novela de ciencia-ficción. Ignacio sonriendo contestó:

—Esta novela la inventaron ellos y, aunque no lo creas, es el libro de diagnóstico que usan los siquiatras:

«DSM-Manual de diagnóstico y estadística», fue creado por consenso.

—Perdona Ignacio, pero lo que nos has contado es increíble. La mayoría de los siquiatras que conozco son hombres honestos y respetables. Además, si un paciente está realmente deprimido y suspende sus medicamentos, correría el riesgo hasta de suicidarse. No creo en esta conspiración y que sea con el solo hecho de ganar dinero. No, no. Me resisto creer semejante patraña.

—Milagros, no me refiero a los siquiatras de Panamá. Ellos se han dejado llevar por las tendencias modernas, pero tienen dudas al respecto. Investiga si estos galenos cuando se deprimen toman estos medicamentos. Cuando se trata de un paciente donde la depresión conlleve el riesgo de suicidarse o hacerles daños a otras personas, sí estoy de acuerdo con administrarles medicamentos. Pero esas son contadas excepciones. Además, aunque tú tengas dudas de lo que te he dicho, opino que es tu padre quien debe decidir.

—Milagros, hija, no tengo nada que perder. Déjame intentar nuevos métodos. Con la medicina tradicional he ido de mal en peor.

Ignacio les explicó que ya tenía programado el tratamiento de Jaime.

—En qué consiste —preguntó Jaime.

—Ayurveda. Debemos equilibrar la energía.

—¿Y cómo podemos lograrlo? —dijo.

—A través de distintos caminos incluidos en este milenario sistema. Estos son: el Yoga, la meditación, el masaje, la alimentación, el uso de las hierbas, la dieta, desintoxicación y la purificación a través del panchakarma. Buscaré lo verdaderamente importante para ti. Llegaré a tu mente con terapias que la estabilicen y a la vez, cultiven un cuerpo sano. Lo haré con la ayuda de Raquel, recuerda que ella es sicóloga clínica.

Ignacio hizo una pausa para enfatizar sus palabras.

—La mayoría de las enfermedades se deben a los excesos. Observen las enfermedades coronarias. Estas se deben a la acumulación de las grasas. La obesidad es el común denominador muchas de estas, debidas precisamente a los excesos. La artritis es la acumulación de material nocivo en las articulaciones. Todo tiene que ver con el exceso de consumo y no solo en las comidas, sino de impresiones y sensaciones. Hay demasiados estímulos. En ayurveda dicen que los primeros factores que provocan una enfermedad están relacionados con la inteligencia humana. La medicina milenaria no solo atiende el cuerpo físico, sino el emocional, el mental y el espiritual.

Ignacio hizo otra pausa, al observar que Milagros y su padre se miraban, Jaime se mostraba indiferente y su hija recelosa. No obstante, él continuó sus explicaciones.

—El fallo de la inteligencia humana es el principal causante de enfermedades. ¿Cómo podían prever hace 2000 años que íbamos a llegar al punto en que el estrés sería un factor tan importante en nuestras vidas? El 40 % de la población humana padece de estrés, que está relacionado con las seis causas de muerte más frecuentes en los seres humanos. Claramente, la medicina tradicional no dispone de las claves para tratar estas enfermedades. El ayurveda sí, pues afirma la autoestima, crea confianza, incrementa la concentración, estimula pensamientos positivos y amplía la conciencia hacia el cuerpo, liberando emociones bloqueadas. Muchas veces, estas emociones contenidas, que han estado presentes como toxinas en el tejido conjuntivo, salen a la superficie y se sueltan.

Con esto viene un sentido de rejuvenecimiento y felicidad que sale desde adentro.

—¿En qué consiste realmente el tratamiento de ayurveda? No lo tengo claro—preguntó Jaime.

—Ya te dije, lo primero es meditación, alimentación y masajes. También hay terapia de risas.

—¿De risas? —dijo Milagros molesta.

—Como lo oyes. No se puede reír y pensar al mismo tiempo. ¿No has oído sobre la terapia del no pensamiento?

Como Milagros no respondió, su padre dijo:

—Milagros, no tengo nada que perder —y mirando a Ignacio preguntó—. ¿Cuándo comenzamos?

—Mañana mismo, temprano.

Jaime se despidió de Ignacio y de su hija. Esta le preguntó dónde iba y él le respondió que daría un paseo.

—Te acompaño.

—Espérame en la habitación, quiero estar solo un momento.

—Pero puedes perderte.

—Tranquila, no me alejaré. Necesito calmar mi mente y aunque no recuerde algunos eventos del pasado, mis pensamientos me inquietan.

La voz de la mente tiene vida propia. La mayoría de las personas están a merced de ella y poseídas por el pensamiento; puesto que la mente está condicionada al pasado, presiona a la persona a revivirlo una y otra vez. Aunque eran pocos los recuerdos de Jaime, lo torturaban una y otra vez. En Oriente utilizan la palabra karma, en otras culturas, mitote para describir ese fenómeno. Claro está que no podemos saber eso. Si lo supiéramos, dejaríamos de estar poseídos porque esto solo ocurre cuando nos confundimos, es decir, cuando nos convertimos en esa voz y somos nuestros pensamientos.

Jaime disfrutaba esos periodos de libertad por cortos que fueran, y los instantes de paz, alegría y el gusto por la vida que experimentaba, hacían que valiera la pena vivir. Eran momentos en los cuales afloraba la creatividad, el amor y la compasión. Sin embargo, una vez terminaba la meditación, se sentía aislado de los demás, y del mundo que lo rodeaba. Esa tensión se reflejaba en su rostro, en su ceño fruncido, en la expresión ausente y en su mirada fija, como perdida.

En la medida en que Jaime se fue percatando de sus grandes conflictos, empezó a sufrir. Para liberarnos del dolor debemos, ante todo, reconocer que lo padecemos. Luego, y más importante aún, es mantenernos presentes y alertas para notar cuándo el dolor se activa en nosotros, como ese pesado flujo de emoción negativa. Cuando reconocemos todo esto, ya no podemos fingir que es nuestro, ni vivirlo a través de nosotros.

CAPÍTULO 13

Jaime se levantó cerca del alba, sin hacer ruido, para no despertar a Milagros. Se arregló y salió en busca de Ignacio. Este lo llevó a dar un recorrido por los alrededores. Cerca del hostal existía una zona cafetalera de propiedad de Margarita, que producía uno de los mejores cafés gourmet de la región. Bajo una hilera de montañas nubosas se vislumbraba una extensa zona vegetal de indescriptible belleza, un cafetal, flores de varias especies, un riachuelo rumoroso y cascadas. Muy cerca vio un jardín acogedor, que representaba el camino hacia la espiritualidad y la vida. Era un refugio, concebido para inspirar vitalidad y descanso a la mente, tranquilizar la angustia, los miedos y encaminarnos hacia la acción correcta en los momentos difíciles.

Jaime, extasiado ante tanta belleza, quedó inmóvil y silencioso. Se sentó sobre el pasto, permaneció en estado contemplativo hasta que Ignacio le dijo que ese sería el marco para su meditación diaria. Escuchó las instrucciones sin hacer preguntas, no se complicaba como la mayoría de las personas que iniciaban esta práctica. El instructor le explicó que toda la metodología oriental se puede reducir a dos palabras: ser testigo. Y la occidental, a una sola cosa: analizar.

—Cuando analizas, das vueltas y más vueltas. Cuando eres testigo, simplemente te sales del círculo. Las personas solo se fijan en los demás; nunca se molestan en observarse a sí mismas. Todo el mundo observa a los demás, es la forma más superficial de ver lo que hacen los otros, lo que llevan puesto y el aspecto que tienen. Observar de esa manera no es bueno. Solo hay que profundizar, apartar la mirada de los demás y dirigirla hacia tu propio interior: tus sentimientos, tus pensamientos, tus estados de ánimo y por último, hacia el observador mismo.

Jaime estaba habitado por el silencio, en los días que no recordaba su pasado, aprendió a cultivar el silencio para no parecer un tonto y descubrió ese maravilloso estado de serenidad. Ignacio continuó con sus instrucciones.

—Cuando estás vigilante, tienes claridad. Y cuando vigilas, surge la claridad. ¿Por qué sucede esto? Porque cuanto más alerta estás, más disminuyen todas tus prisas; te mueves con más gracia. Cuando estás alerta, tu mente parlanchina parlotea menos, porque la energía que se dedicaba a parlotear se dedica a la vigilancia y se convierte en eso. A partir de ahí, cada vez hay más energía que se transforma en vigilancia, y la mente no recibe su ración. Los pensamientos empiezan a adelgazar y a perder peso. Poco a poco se van muriendo. Cuando los pensamientos empiezan a morir, surge la claridad y tu mente se transforma en un espejo.

Jaime continuó con sus sesiones de meditación y al terminar conversaba con Ignacio manifestándole sus dudas. Sin discutir con su entrenador y en tono pausado, le preguntó:

—¿Cómo podemos ser responsables cuando no tenemos conciencia y no sabemos lo que hacemos?

—Lo somos, precisamente, por ser inconscientes. No niegues ni ignores el dolor o la tristeza que sientes. Acepta que están ahí. Date cuenta de que la tendencia de la mente es construir una historia en torno a esa pérdida en la que se te asigna el papel de víctima. El miedo, la ira, el resentimiento o la autocompasión son las emociones que acompañan a ese papel. A continuación, registra lo que está detrás de esas emociones y de la historia fabricada por la mente: ese agujero, ese espacio vacío. ¿Puedes afrontar y aceptar esa extraña sensación de vacío? Si lo haces, tal vez descubras que ya no te da miedo. Quizá te sorprenda descubrir la paz que emana de él. Los seres humanos están destinados a evolucionar hasta convertirse en seres conscientes, y quienes no lo hagan sufrirán las consecuencias de su inconsciencia. Cuando ya no podemos soportar el ciclo permanente de sufrimiento, comenzamos a despertar.

Jaime guardó silencio y reconoció que la fuente del sufrimiento estaba en su interior y que era su carga. Estaba listo para despertar. Todos los vestigios de dolor que dejan las emociones negativas fuertes, que no se enfrentan ni aceptan para luego dejarlas atrás, terminan uniéndose para formar un campo de energía residente en las células mismas del cuerpo. Está constituido no solamente por el sufrimiento de la infancia, sino también por las emociones dolorosas que se añaden durante la adolescencia y durante la vida adulta, la mayoría de ellas creadas por la voz del ego. El dolor emocional es nuestro compañero inevitable cuando la base de nuestra vida es un sentido falso del ser.

Ignacio le habló a Jaime sobre las técnicas de la creatividad. Una de ellas, es el método de «palabras al azar», una poderosa técnica de pensamiento lateral que es además fácil de poner en práctica. De hecho, es una de las más sencillas técnicas de creatividad, y en efecto extensamente utilizado por gente que necesita crear ideas nuevas para diversos tipos de acciones, como publicidades, productos y resoluciones de conflictos.

—Los acontecimientos fortuitos permiten que nosotros utilicemos nuestro patrón de pensamiento existente para aplicarlo desde un punto diferente. Las asociaciones de palabras, aplicadas a una situación, fuera de contexto, podrían generar nuevas conexiones en nuestra mente, produciendo a menudo un efecto instantáneo de creatividad, penetración, intuición o descubrimiento, que nos sería útil para resolver problemas concretos —dijo Ignacio.

La expresión del rostro de Jaime era de una paz que parecía pereza e Ignacio lo notó, pero continuó en su empeño.

—Ahora quiero que anotes en este cuaderno sesenta palabras y que después de escoger una, me cuentes los pensamientos que llegaron a tu mente. Enciende el televisor esta tarde y anota la primera palabra o imagen que veas. Una vez elegida, realiza una lista con sus atribuciones o asociaciones hacia ella. Fíjate cómo se aplican al problema que tienes en la mano. Esto funciona porque el cerebro es un sistema autoorganizado, bueno para hacer conexiones. Sucede que casi cualquier palabra elegida al azar estimulará otras ideas en la persona, por lo que siempre se deben seguir las asociaciones y funciones de la palabra o imagen de estímulo. También se utilizan otros aspectos de las mismas, como su aplicación en metáforas.

Jaime permanecía en silencio escuchando a Ignacio, con una sonrisa en sus labios. El médico se sorprendió agradablemente, su alumno captaba las enseñanzas. Continuó diciéndole que percibía que él había perdido su conexión.

—Muchas culturas hablan de un tiempo en el que éramos seres más completos, pero nos separamos de la totalidad. Nuestro aprendizaje en esta tierra consiste en volver a alcanzar ese estado. También creo que tenemos, de algún modo, un recuerdo de lo que fuimos, y eso es lo que nos guía a volver hacia allí. Hay personas que no comprenden este concepto y me dicen: «Yo nunca perdí mi conexión», pero contesto que no es una cosa individual, que se trata de toda la humanidad. El ser humano sufrió esta separación y no fue por accidente, sino intencional para que pudiéramos crecer y aprender, mientras buscamos nuestro camino de vuelta a casa.

Esta vez Ignacio puso más énfasis en su voz.

—Lo que quiero hacer es reconectar las hebras, las cuerdas. Lo que se llama Sanación Reconectiva.

—¿Y qué es eso? —preguntó Jaime.

—Es reconectarnos con algo que originalmente teníamos.

Ignacio pasó sus manos por el aura de Jaime, cerca de su cuerpo, pero sin tocarlo, y las mantuvo así varios minutos.

—Ignacio, no entiendo cuando hablas de que estamos separados. Me produce aprensión esos conocimientos tan extraños.

—Es una visión holística. Debes confiar en mí, en ti y en la humanidad. La confianza es parte de este proceso. Seré más claro: Si nos sentimos separados del mundo y separados los unos de los otros, la única manera efectiva de actuar es controlar y competir. Es una actitud basada en la desconfianza. Pero la palabra confianza puede tener la connotación de ingenuidad. Así que, usaremos la palabra participación, en el sentido de que nos sentimos parte de una red inagotable de múltiples ciclos. De ese modo podemos sentirnos parte del conjunto del universo y del milagro continuo de renovación de la vida. Pasar de esa actitud de control a esa de fluir es lo que te permite dejarte guiar por tu creatividad. También es una actitud mucho más sana. Se puede medir fisiológicamente que una persona que intenta controlar tiene mucha más tensión que la que participa en el fluir de las cosas, está más relajada. Una visión más participativa nos lleva a fluir con los ciclos de la naturaleza y de las relaciones humanas.

—Te dejaré solo unos minutos, relaja tu mente y si llega un pensamiento, deja que se vaya, no lo retengas. Solo contempla.

Jaime se quedó en silencio, pero su mente se resistía a tranquilizarse. Entonces se concentró en su respiración, tal como le enseñara Ignacio y, poco a poco, se fue serenando. Cientos de mariposas revoloteaban sobre las pequeñas flores que rodeaban el ambiente, el perfume de cada flor: rosas, narcisos, claveles, orquídeas, se sumaban al paisaje. El viento que movía los pastos, acariciaba su rostro. El sonido de la cascada lo aletargaba. El olor a café recién molido perfumaba el aire y se expandía por las montañas. Los pájaros entonaban sus cantos. El pensamiento se fue y en esa brecha entre su conciencia y el Ser Superior, el silencio tendió un puente. No obstante, se sintió al borde del abismo, como un gran vacío y dio el gran salto. Salió de sí mismo en busca de su ser y lo encontró fundiéndose con el universo, con Dios. Ahora era todo lo que quería ser.

Jaime no supo cuánto tiempo pasó en ese estado, pero tampoco le importaba. Cuando llegó, Ignacio no le contó sobre lo que experimentara en meditación. Ese estado de felicidad, no deseaba compartirlo, por el momento era solo suyo.

Ignacio continuó con sus explicaciones acerca de que el silencio es el espacio en el que uno despierta, y la mente ruidosa en el que uno permanece dormido. Si tu mente continúa parloteando, estás dormido.

—Si te sientas en silencio, si la mente desaparece y puedes oír el canto de los pájaros sin mente en tu interior, un silencio. El silbido del pájaro, su gorjeo, sin que tu mente funcione dentro de tu cabeza, silencio total. Entonces la conciencia aflora en ti. No viene de afuera, surge dentro de ti, crece en ti. Por lo demás, recuerda: estás dormido —dijo Ignacio

Jaime comprendió que la identificación con el dolor se rompe con la Presencia Consciente. Cuando dejamos de identificarnos con el dolor, este pierde el control sobre nuestra forma de pensar y, por lo tanto, no puede alimentarse de nuestros pensamientos para renovarse.

—En la mayoría de los casos, el dolor no se disuelve inmediatamente. Sin embargo, una vez roto su vínculo con nuestros pensamientos, comienza a perder energía. La emoción ya no nubla nuestros pensamientos; el pasado ya no distorsiona nuestras percepciones del presente. La frecuencia en la cual vibra la energía atrapada anteriormente cambia y se transmuta. Es así como el dolor se convierte en combustible para la conciencia, y esta es la razón por la cual los hombres más sabios e iluminados de nuestro planeta tuvieron también alguna vez un dolor denso y pesado —expresó Ignacio.

Ignacio estableció una comunicación con Jaime más allá del lenguaje, era como si fueran amigos de muchos años. La conversación entre ambos fluía. Jaime le preguntó cómo podía liberarse de esas energías.

—La emanación de energía de una persona con un dolor activo es particular y resulta desagradable a los demás. Al cruzarse con esas personas, algunos sienten la necesidad de apartarse inmediatamente o de reducir al mínimo su interacción con ellas. Se sienten repelidas por su campo de energía. Otras personas sienten una ola de agresión dirigida contra ellas y reaccionan con groserías, ataques verbales y hasta físicos. Eso significa que hay algo en su interior que resuena con el dolor del otro.

Aquello contra lo cual reaccionaron con tanta fuerza vive en su interior también. Es su propio dolor.

Ignacio hizo una pausa breve y continuó.

—No sorprende entonces que las personas cuyos dolores son pesados y activos vivan con frecuencia en situaciones de conflicto. Algunas veces, como es natural, ellas mismas las provocan. Pero otras veces, quizás ni siquiera hagan nada. La negatividad que emanan es suficiente para atraer la hostilidad y generar el conflicto. Se necesita un alto grado de tolerancia para evitar reaccionar cuando se está frente a una persona con un dolor tan activo. Cuando logramos estar presentes, a veces sucede que nuestra Presencia lleva a la otra persona a dejar de identificarse con su dolor y a experimentar el milagro de un despertar súbito. Aunque ese despertar sea de corta duración, será la iniciación de todo el proceso.

Ignacio le dijo a Jaime que realizarán varias sesiones de imposición de manos, pues las altas vibraciones de energía destruyen bloqueos energéticos de baja vibración. Muchos de estos bloqueos limitan nuestras vidas y en términos mentales los describimos como: dolor acumulado, tristeza, sentimientos de abandono, de rabia, de violencia y temores cristalizados desde la infancia.

—Jaime, la constancia es importante en el camino espiritual y la fe en Dios se debe sostener a través de toda circunstancia. Es por eso que nunca se logra formar una conexión fuerte con Dios, aunque a veces cuestionemos su amor y nos sintamos abandonados por Él, pero no es así. Cada oración llega a sus divinos oídos, pero Dios no puede actuar si en un momento lo llamamos y en otro le damos la espalda. Debemos fortalecer nuestra fe siendo perseverantes en la meditación y la oración.

CAPÍTULO 14

Jaime llevaba varios días meditando y por primera vez oró, pidiendo restablecer la comunicación que alcanzó con Dios en la sesión efectuada en las fincas cafetaleras. Las clases de yoga y la lectura de escritores místicos lo ayudaron. En ese estado contemplativo, Jaime comprendió que la naturaleza lo esperaba y que lo guiaría para salir de la prisión de su mente por el camino de regreso a casa. Perdido en el hacer, el pensar y el recordar. Perdido en el laberinto de su amnesia, no sabía qué hacer. De repente, tuvo una revelación: no era importante recordar, lo importante era ser uno mismo, en el aquí y en el ahora.

Jaime descansaba en el Señor, y se había conectado percibiendo la naturaleza. Ahora su mente y su cuerpo estaban en paz. El cuerpo conoce el placer, la mente, la felicidad y el corazón, la alegría. La bienaventuranza es el objetivo, y la conciencia es el camino que lleva a ella. Esta simple sensación de ser uno mismo, crea un centro de quietud, de silencio y de dominio interior: La potencialidad pura.

Ignacio se acercó a Jaime con dos tazas de café, cuando este yacía sobre la hierba. El aroma lo embriagó y, cuando se lo tomó, lo saboreó, tomándoselo a pequeños sorbos. Ignacio observó el semblante de su paciente. Era sorprendente, parecía otra persona: relajado.

—Ignacio, cuando el pensamiento se resistía a dejarme en paz, recordé lo que dijiste y empecé a reírme a carcajadas. De inmediato, se fue el pensamiento y después de la risa, agotado contemplé el paisaje, quedando en un estado de letargo impresionante. En ese momento, era yo uno con la naturaleza.

Ignacio le contó a Jaime sobre los seis meses en la India estudiando Ayurveda y yoga. Le habló de los mudras, gestos corporales que se utilizan en meditación que nos permiten canalizar la energía a través de nuestro cuerpo. Le dijo que utilizamos nuestras manos para conseguir la sanación física y emocional: Apanvayu para el descanso y el equilibrio emocional; Atmanyali la oración y el ruego, la concesión divina; Chin, el mudra del conocimiento, Dhyani para meditar, demuestra sencillez; el Kubera es conocido porque se usa para conseguir dónde estacionar. Jaime soltó una carcajada, no podía imaginarse que las personas utilizaran el Yoga para encontrar estacionamiento.

Fue fácil para Jaime aprender estos movimientos corporales y en una semana ya las practicaba. Sin embargo, no recuperaba su memoria. En una de las sesiones, Ignacio le dijo:

—Tú vives en el pasado, aunque no lo recuerdes. La herida que te llevó a ese estado, debe estar en algún lugar de tu memoria. Retrocede. Puede que no haya una sola herida, sino muchas y de diferentes tamaños. Profundiza más y encuéntrala, esa es la fuente original de tu enfermedad. Mi trabajo consiste en la transformación. Esta es una escuela alquímica. Quiero que te transformes, de la inconsciencia a la conciencia, de la oscuridad a la luz. No puedo darte un carácter; solo penetración y conciencia.

Jaime le volvió a preguntar a Ignacio sobre el Ayurveda. No estaba seguro de que este método lo ayudaría a recobrar la memoria, por esa razón insistía en conocerlo mejor. Ignacio le reiteró que el Ayurveda era una corriente de conocimiento.

—Su creación es tan antigua como la misma humanidad. Se considera eterna al no saber nadie desde cuándo existe. El ayurveda no solo trata las enfermedades y su curación, sino de la vida en general, con el objetivo de ofrecer a las personas una mejor calidad en su existencia y una mayor longevidad; la voz Ayus significa vida. El ayurveda es la conciencia de la vida y la curación de las enfermedades es solo una parte de ella. También se encarga de los aspectos bueno-malos; felices-infelices. Se le define como la conjunción de cuerpos, sentidos, órganos, mentes y alma. El cuerpo y la mente forman la parte física de un ser que no puede existir sin el alma. Esta energía o alma está conectada, a su vez, con el alma universal o energía cósmica. Cuando esta conjunción acaba, la vida finaliza.

Ignacio detuvo su explicación e hizo una pausa, para continuar esta vez con un tono de voz más alto.

—La diferencia con la medicina moderna es que esta se ocupa de la enfermedad y no de la salud, no nos dice cómo buscar los métodos que mantengan la salud, la vida sana, la vida preventiva. En el Ayurveda la enfermedad y las disfunciones se tratan dentro del contexto de un entorno social, cultural, espiritual, y su condición cósmica, ya que todos estos elementos están interrelacionados. Procura la armonía dentro de uno mismo con su propio entorno. Por consiguiente, el tratamiento trata de restablecer esta armonía más que limitarse a la administración de fármacos.

Ignacio le explicó a Jaime que había varios requisitos para lograr la armonía: la alegría, la tolerancia, el agradecimiento, la bendición, el respeto y el perdón.

Jaime hizo varias preguntas que le demostraron a Ignacio su interés, y tal vez hasta su desconfianza hacia esta sabiduría milenaria. Eran lógicas algunas de sus dudas y por eso Ignacio le dijo que en el ayurveda era importante el empleo de los poderes, como por ejemplo el uso de la autosugestión en la curación. En la antigüedad se tenía mucha fe en la utilización de los poderes internos para curarse uno mismo, en conjunto con los remedios naturales y la medicina preventiva.

—En el Ayurveda, las enfermedades se tratan con respeto y se les pide que abandonen el cuerpo. También es importante el deseo de vivir y uno de los primeros pasos es conocerse a sí mismo. La salud no solo significa mantener el cuerpo libre de enfermedades, sino la realización de su personalidad y el logro de la paz interior. Para hacer del Ayurveda un modo de vida se debe aprender a vivir con el ritmo cósmico. No es posible adoptar este sistema holístico sin llevar una vida unitaria.

—Para entender esta unidad cósmica se debe comprender el pensamiento conceptual y filosófico que constituyen los cimientos del Ayurveda. Este pensamiento filosófico se encuentra en dos libros Vedas: el Rigveda y el Altharveda —enfatizó Ignacio.

Jaime ya había adquirido la rutina de la meditación, lo hacía dos veces al día durante treinta minutos, a las cinco de la mañana y al atardecer, como a las seis. Se encontraba sentado en la terraza, luego se levantó y se recostó al barandal. La vista era preciosa, entre los árboles se veían correr animales silvestres, se escuchaba el canto de las aves y el sonido de las hojas al caer se mezclaban dándole una sensación de serenidad nunca antes experimentada.

Decidió bajar a dar un paseo, el esplendor de las colinas sembradas de legumbres y adornadas por las flores del valle lo invitaban a tenderse sobre esa alfombra natural y descansar. Respiró el aroma de cada flor, escuchó la melodía de los pajaritos que llegaron a saludarlo. Se acercó al arroyo y se quitó los zapatos, introdujo sus pies en el agua fría. Los minutos se alargaron mientras Jaime observaba la superficie de la corriente, buscó señales del sol que en ese momento se ocultaba. Los rayos de luz que se filtraban se esfumaron. La oscuridad cubrió todo. El anochecer era tranquilo y frío. Más allá de los árboles y las luces del pueblo, se notaba la mancha oscura del campo y el cielo cubierto de nubes bajas.

En el interior de Jaime navegaban imágenes tranquilas, frases cuyo sentido no intentaba desentrañar, recuerdos fraccionados, pálidos. Luego, hendiendo suavemente las imágenes interiores, una escena se hizo lugar, sin violencia alguna. Era el rostro de una mujer como de su edad, parecida a Milagros. Era Rina, su esposa por más de treinta años. A su mente llegaron todos los recuerdos de golpe: su matrimonio, el nacimiento de sus dos hijas, su vida íntima; él la amó, sin dudas, tal vez no con la misma pasión que amó a Margarita, sino con un amor tranquilo, apacible, silencioso. También recordó las discusiones con su esposa, todas por celos infundados. Su enfermedad y luego su muerte.

Jaime salió del arroyo y se recostó en el pasto, cerró los ojos, hizo un gran esfuerzo para recordar los eventos que provocaron su colapso, intento inútil, se fue quedando dormido. El sonido de unos pasos, acercándose desde el lado opuesto, lo sobresaltó. Era Milagros.

—Papi, ¿qué haces aquí tan solo?

—Meditaba. Lo hago todos los días en la terraza, pero esta vez quise estar en contacto directo con la naturaleza y he obtenido excelente resultado.

—Sí, dime.

—Recordé a tu madre.

Jaime hizo una pausa y sus ojos cansados se llenaron de lágrimas.

—No te pongas triste que me partes el alma.

—No, hija. Los recuerdos, casi todos, fueron buenos. Recordé la ceremonia de matrimonio, el nacimiento tuyo y el de tu hermana, pero también recordé la enfermedad y el fallecimiento de Rina.

—Papá, eso fue hace ya varios meses.

—Sí, hija, pero en mi mente acaba de ocurrir. Lo que no pude recordar fue lo que dijiste acerca de la traición de mi yerno.

—Ese suceso debe estar bloqueado, creo que tampoco recordabas la muerte de mi mamá por la misma razón. No quieres sufrir. El médico me explicó que es una especie de defensa, ante un hecho pavoroso donde te sentiste impotente. La amnesia vino a cubrir y a evitarte ese sufrimiento insoportable de verte despojado de todo lo que habías logrado con tanto esfuerzo.

—Esfuerzo y renuncia. Porque renuncié a muchas cosas por mis posesiones y en este momento, todas ellas se esfumaron.

—He llegado a la conclusión de que podemos volvernos ciegos si hay cosas en nuestras vidas que no queremos mirar, o sordos si nos sentimos amenazados por lo que podemos oír, o perder la memoria para no recordar. No obstante, el temor y el sufrimiento serán reemplazados, aunque lo queramos eludir con esa terrible enfermedad: la amnesia.

—Milagros, en ocasiones hablas como si hubieras vivido muchos años o muchas vidas.

—Una sensibilidad fina, una inteligencia clara, son suficientes para alcanzar un conocimiento absoluto de la vida, sin necesidad de haberla sufrido de esa manera.

—Me encanta cuando te pones filosófica. En eso te pareces a mí.

—Y en lo cursi también —agregó Milagros soltando una carcajada.

CAPÍTULO 15

Alfredo contrató los servicios de un policía retirado para que investigara el paradero de su cuñada y de su suegro. En cuanto le entregaron el informe se dispuso a viajar y, aunque no sabía el nombre del hotel donde se hospedaban, Volcán era lo suficientemente pequeño para encontrarlos en poco tiempo. Decidió ocultarle sus planes a Patricia, por temor de que intentara frustrarlos. Llegó al hostal después de tres visitas infructuosas a los hoteles de los alrededores. Margarita había girado instrucciones de no dar información sobre los huéspedes, para salvar su privacidad. Por esa razón, cuando Alfredo preguntó por Jaime y Milagros, la recepcionista le dijo que la única persona autorizada para responderle era la señora Margarita Guerra.

—Llámela para que me atienda, pues no tengo todo el día.

La chica marcó el teléfono de su jefa y le expuso la situación. De inmediato, Margarita se dirigió a la recepción. Alfredo, al verla, le dijo:

—Espero que usted pueda decirme si Jaime Alvarado está hospedado en este lugar.

—¿Quién pregunta?

—¿Y a usted, qué carajo le importa?

—No, en verdad no me interesa, pero no suelo dar información a extraños y menos cuando carecen de modales.

Ante situaciones de crisis, Margarita reaccionaba con calma, sopesando las consecuencias, calibrando los daños y planeando la mejor solución. Su rostro reflejaba seguridad, control, y eso descompuso a Alfredo, quien de un salto quedó a su lado y la tomó por el cuello. La recepcionista descolgó el teléfono para llamar a la seguridad de hostal, pero Alfredo le dijo.

—No llames a nadie o le quiebro el cuello a esta vieja de mierda.

La recepcionista, atemorizada, dijo:

—El señor Jaime salió a caminar y lo puede encontrar por el sendero que está detrás del hostal.

—¡No has debido informarle nada! —exclamó Margarita, enojada.

—Perdone jefa, pero ese canalla era capaz de matarla.

Alfredo sonrió y un tono de burla le contestó.

—Le salvaste la vida —y mirando a Margarita, le dijo—. Agradézcaselo.

Mientras caminaba con su padre, Milagros recibió una llamada de José Alejandro, quien se encontraba cerca del hostal. Ella se alejó y de espaldas conversó en voz baja, mientras Jaime sonreía. De pronto, el ruido de una camioneta todoterreno llamó su atención. Se volvió y observó que dos hombres se bajaban aprisa y casi a rastras se llevaban a su padre. Corrió tras ellos, con dificultad por lo irregular del camino, y casi alcanzó la camioneta, donde distinguió a Alfredo. Se aferró a la puerta, pero su cuñado frenó de golpe y ella cayó. Desde el interior del auto se escuchó la voz de Jaime.

—Miserable, ¿cómo te atreves?

Milagros se levantó con dificultad, pues se golpeó al caer, impotente, le gritó que lo mataría si le hacía daño a su padre. La camioneta se perdió en la distancia. Ella buscó el celular, que se le había perdido con la caída.

Minutos después lo encontró y marcó el número de José Alejandro.

—¡Mi cuñado acaba de secuestrar a mi papá!

Milagros llegó al hostal gritando, y al escucharla, Ignacio y Margarita se acercaron. Margarita le buscó un vaso con agua y ella lo tomó despacio, intentaba calmarse, sin lograrlo. En ese momento llegaba José Alejandro y los tres escucharon el relato del secuestro. Margarita volvió a llamar a la Policía, pues antes lo hizo para poner la denuncia de la agresión sufrida, y ahora estaba denunciando un secuestro.

José Alejandro quería salir a buscarlos de una vez. Sin embargo, Ignacio, el más calmado de los tres, opinó que no irían lejos, pues a la Policía le bastaba colocar un retén antes de que salieran a la carretera Panamericana.

—Milagros, vamos a buscarlos y mientras tanto llamas a tu hermana desde el celular —dijo José Alejandro.

En ese momento llegó Raquel, quien les pidió cordura, pues los secuestradores, al sentirse acorralados, pueden actuar con desesperación, en perjuicio del rehén.

—Tomen todas las precauciones, yo voy a insistir con la Policía para que les cierren el paso antes de que salgan de Volcán, y no olviden lo que dice Raquel —acotó Margarita.

Milagros llamó al celular de Patricia y a gritos le explicó lo sucedido. Ella no daba crédito a lo que escuchaba y Milagros llena de rabia gritaba más fuerte. Patricia la amenazó con cortar la comunicación. Un sollozo escapó de la garganta de Milagros y su hermana conmovida le dijo:

—Alfredo no le causará daño a nuestro padre. No te desesperes.

—¿Entonces para qué lo secuestró? ¿Cómo nos encontró?

—Un ex policía amigo de Alfredo rastreó el movimiento de la tarjeta de crédito.

—Pero, ¿cómo pudo hacer eso?

—Bueno, dijo que los habían secuestrado y que los delincuentes usarían la tarjeta.

—¿Cuál secuestro?

—Se inventó eso para que el banco le diera la información. Recuerda que él tiene muchos contactos.

—¿Te das cuenta del monstruo al que nos enfrentamos?

—No exageres.

—Tú y solo tú serás responsable si a mi papá le sucede algo malo.

Patricia cerró la comunicación sin responder a la advertencia.

Margarita no comentó nada frente a Milagros la agresión de Alfredo hacia ella, pues no deseaba incrementar su angustia y desasosiego. Sin embargo, llamó aparte a José Alejandro y le contó del incidente. Él no respondió, pero apretó los puños y pensó: «Cabrón ya verás cuando te encuentre. Estás acostumbrado a agredir a mujeres y ancianos, pero conmigo encontrarás tu merecido».

CAPÍTULO 16

Mientras conducía, Alfredo se extravió. No conocía el lugar y el hombre contratado para escoltarlo, mucho menos.

—¡Gran carajo! ¡Me dijiste que conocías este lugar!

—Bueno jefe, yo le dije que conocía David, no hasta acá. Además, usted no me dijo que veníamos contra la ley, yo creí que estábamos en algo lícito.

—No me vengas con esas ahora, ¡cállate!

En ese momento divisó, tras una curva a unos setecientos metros más abajo, un autopatrulla de la Policía detenido en una bocacalle. Detuvo el auto bruscamente.

—¡Maldición! Lo supuse. Tenemos que contar con una vía que no sea esta.

Jaime entendió que las cosas se estaban saliendo de las manos de su detestado yerno. Al verlo así, ofuscado, confundido, quiso clavarle otra espina:

—Alfredo, ¿te das cuenta de que eres incapaz de hacer algo bien? ¿Y así pretendes dirigir mi empresa?

—¿No me digas que recuperaste la memoria?

—No, Milagros me contó todo, ¿pero sabes una cosa, malnacido? Nada vas a lograr con esto.

—No me jodas, viejo, baboso y senil. Jamás recuperarás la empresa. Desde que me casé con la pánfila de tu hija sabía que todo eso iba a ser mío al final de cuentas.

—¿Ah sí? Pues no creo que se te cumplirá ese sueño. Esos bienes son de mis hijas y mis nietos. Lo necesitarán cuando su padre vaya a la cárcel.

—¡Ni lo sueñes! Y ahora, para que veas que las cosas no son como tú piensas, te lanzaré desde uno de estos precipicios y luego diré que, loco como estás, no quisiste ir conmigo al Hospital Psiquiátrico, que es adonde perteneces, y por eso te lanzaste tú solito. ¿Cómo la ves?

Y mientras decía esto, daba la vuelta en la carretera para evadir a los policías que estaban esperándolo. Muy cerca de allí encontró una especie de sendero, la entrada a una de las fincas, donde estacionó el auto para ocultarlo de la vista de los demás conductores.

—Jefe —dijo su acompañante —. Tómelo con calma. Usted nos dijo que íbamos a rescatar a su suegro porque había sido secuestrado. Pero ahora resulta que los secuestradores somos nosotros, ¿cómo es eso? Y encima está hablando de matarlo.

—Cállate cobarde, bastante te pagué por este trabajito.

—Señor, ponga atención, la complicidad en un homicidio es un delito grave —le advirtió Jaime al dudoso acompañante.

Después de cortar la comunicación, Patricia se inquietó mucho. Buscó la tarjeta que le entregó el detective de la D. I. J. y lo llamó. A pesar de todo, el inspector le inspiraba confianza y las palabras de Milagros resonaban en su mente una y otra vez. El inspector le pidió que fuera a su oficina, pero ella contestó que estaba nerviosa para conducir hasta allá. En pocos minutos el detective llegó a su casa. Ella lo hizo pasar a la sala y rápidamente le contó todo.

—¿Usted cree que Alfredo le haga daño a mi padre?

—Desde un inicio sospeché de él. Perdone usted, pero su marido actúa como un psicópata y es posible que intente matar a su padre.

—¡Dios mío! —dijo Patricia cubriéndose el rostro con ambas manos.

Jaime aprovechó un descuido y abrió la puerta del auto y corrió hacia la carretera. En ese momento oyó el grito de Alfredo.

—¡Viejo desgraciado! Regresa o te disparo.

Se detuvo y se volvió lentamente. En efecto, Alfredo estaba apuntándole con una pistola. Jaime caminó hasta él, lo miró directo a los ojos y en ese momento cientos de imágenes llegaron a su mente, como si fuera una película en tercera dimensión. Recuerdos, palabras y así, de repente, lo recordó todo.

Milagros y José Alejandro continuaban su persecución, intentando acortar distancia con los secuestradores. De pronto llegaron al retén policial. Ahí les informaron que el auto con la descripción dada aún no pasaba por ese punto.

—Regresemos. Deben haber tomado otro camino secundario para ocultarse. Pero, ¿cuál? —se interrogó el médico, a la vez que trataba de calmar a Milagros.

—No pueden estar lejos, mantén la calma.

El policía jubilado comprendió de golpe el lío en que estaba metido. Lo que él creyó, una manera fácil de ganarse unos cuantos dólares ayudando en la búsqueda de un secuestrado, lo ponía ahora en situación de pasar largos años en la cárcel. Recordó lo particularmente sádicos que son los reos cuando saben que uno de sus compañeros vistió alguna vez el uniforme policial. Entonces tomó su decisión:

—Por favor, don Alfredo, no me obligue a hacer algo que no quiero. Suelte el arma.

Tenía la boca de su pistola apuntada a la espalda del que hasta ese momento era su jefe. No iba a permitir que el demente echara a perder lo que vislumbraba como una tranquila etapa de su vida.

—¡Traidor hijo de…!

Alfredo volvió entonces el arma contra él, pero un balazo en el hombro lo hizo saltar hacia atrás y caer de espaldas entre la hierba. Antes de que atinara a moverse, el otro hombre le pateó el brazo, sacándole el arma con la que pensaba disparar.

—¡Manténgase quieto, carajo!

Jaime no perdió tiempo, esta vez corrió como nunca hacia la carretera. Pensaba llegar hasta el retén policial del que oyó hablar a Alfredo, pero al salir a la vía estuvo a punto de ser arrollado por un auto que venía subiendo a toda velocidad.

José Alejandro aceleró cuesta arriba, pidiéndole a Milagros que observara las entradas a los senderos aledaños a la carretera, donde sospechaba que podía estar escondido Alfredo. En ese momento, un hombre se les atravesó frente al vehículo, haciéndoles señas para que se detuvieran.

—¿¡Qué diablos!? ¡Cómo se le ocurre!

—¡José Alejandro! ¡Es papá!

Milagros bajó del auto y abrazó a su padre, llorando. Él la estrechó contra su pecho, mientras ella con el rostro húmedo por las lágrimas temblaba como una niña pequeña. José Alejandro, por el teléfono, alertaba a la Policía sobre el hallazgo.

A los pocos instantes, por el sendero de tierra y lodo, el policía jubilado venía empujando a Alfredo, bañado en sangre y profiriendo maldiciones.

—Dios mío, ¡pero, qué es esto! —gritó Milagros, sin entender cómo era que todas estas cosas estaban ocurriendo en tan pocos segundos!

—Cálmate, mi vida —la abrazó aún más Jaime —. Yo mismo te contaré con detalles lo ocurrido. Dale gracias a este señor, que vino hasta aquí engañado y reaccionó a tiempo, si no, yo estuviera muerto a estas horas.

José Alejandro examinó la herida en el hombro de Alfredo, momentos antes de que lo subieran, esposado, al vehículo policial.

—No tiene nada. Es una herida con entrada y salida, sin afectar órganos vitales. Ya saben: hierba mala…

—Yo solo quería llevar este viejo a que lo atendieran, él está loco, loco, ¿me oyen? Él quiere quitarme la empresa que es mía, mía, pero te voy a meter al manicomio, viejo loco, esto no se queda así…

Y a medida que se alejaba el auto con el detenido se fueron apagando aquellos gritos trágicos.

José Alejandro separó a Milagros de los brazos de su padre.

—Venga, usted también tiene que ir al médico. Vamos a revisarlo, porque con este ajetreo…

—No, hijo, yo estoy bien. Ese bueno para nada obró el milagro. Recuperé mi memoria.

—¿De veras, papá? A ver, ¿quién es Margarita Guerra?

El rostro de Jaime se puso sombrío.

—¡Ay, no, hija! Ese nombre quedó en el pasado.

—Don Jaime, hay procedimientos que cumplir. Me comprometí con los policías a realizarle el chequeo médico. ¿Con quién desea ir, con ellos o con nosotros?

Sin otra opción, Jaime bajó la cabeza y entró en el auto. José Alejandro aprovechó ese instante para abrazar a Milagros y darle un beso.

—¿Y eso? —dijo ella, ruborizada.

—Nos lo merecemos, ¿no crees? —y volvió a besarla.

—¡José Alejandro! Papá nos mira y…

Con otro beso él silenció la protesta.

CAPÍTULO 17

Al regresar al hostal, Milagros llamó a Patricia y le contó en detalle el rescate de su padre, diciéndole que con el secuestro se liberó el bloqueo que mantenía casi en blanco la mente de su padre. Ella le dijo que estaba arreglando todo para viajar hacia Chiriquí.

—Don Jaime, ¿y cómo te sientes ahora que recordaste? —preguntó Ignacio.

—Bien, amigo mío. Ya no hay dolor, ni apego, solo aprendizaje. No quiero recuperar mis riquezas materiales, porque ese apego me separó de la felicidad.

—Papá, no me digas que abandonarás la empresa.

—No, tú y tu hermana tendrán que llevarlas adelante, sin esa lacra de Alfredo. Espero que Patricia abra los ojos ahora sí.

—Yo espero lo mismo, papi.

Ignacio y Raquel permanecieron varios minutos conversando con Jaime, mientras Milagros y José Alejandro salieron a la terraza.

—José Alejandro, gracias, tu ayuda fue valiosa.

—No tienes nada que agradecer. Hubiera hecho cualquier cosa por aliviar tu angustia.

Milagros se le acercó y lo besó en la mejilla, pero él giró su cara y la besó en la boca. La atrajo con fuerza y ella le correspondió con ternura, pasión y amor. No cabían dudas: ambos se amaban. Milagros dejó que el cálido aliento de José Alejandro la inundara. Él encendía un fuego abrasador en su corazón. Los labios del joven bajaron hasta su cuello y volvieron a subir hasta quitarle el aliento. Deslizó su mano alrededor de su cintura para acercarla con más firmeza.

Margarita se arregló con esmero, fue al salón de belleza y a una elegante boutique de David. Eligió un vestido de seda color turquesa, con delicados bordados en hilos dorados alrededor del escote profundo y en los puños ceñidos. La falda amplia, hasta la mitad de las piernas, se ceñía a su cuerpo y caía en varias capas que fluían con su rítmico movimiento al caminar. El color del vestido destacaba su piel canela, sus cabellos rojizos y sus ojos verdes.

Milagros le insistió a Jaime para que se vistiera bien y ella misma le escogió la ropa, lo ayudó a afeitarse y le puso perfume.

—No entiendo por qué insistes en que me arregle, si acá no conocemos a nadie. Pareciera que fuéramos a una fiesta.

—Compláceme y no hagas preguntas.

Jaime hizo un ademán de resignación y no volvió a cuestionar la conducta de su hija. El bullicio en la cafetería del hostal acabó por envolverlos de alegría. Milagros estaba feliz. José Alejandro los esperaba en una de las mesas.

—Él cenará con nosotros, papi, ¿te molesta?

—No, para nada. Me cae bien, además me salvó la vida.

José Alejandro los condujo hasta la mesa, ayudando a Milagros a sentarse. Le dijo al oído que todo estaba preparado.

—Señor Jaime, ¿desea tomar algún vino en especial?

—Champaña, por favor —dijo Milagros.

—¿Champaña? ¿Y qué estamos celebrando? —dijo Jaime.

—La vida —respondió Milagros.

Al escucharse, ella misma se sintió ridícula y miró a José Alejandro que sonrió condescendiente. Al poco rato entraron los mariachis.

—¡Con música y todo! —exclamó Jaime.

—Los sábados tenemos mariachis —acotó José Alejandro.

Ya el grupo tenía instrucciones de que cuando entrara Margarita, debían tocar la melodía solicitada. En el momento que ella atravesó el umbral, empezó a sonar la canción: «Se me olvidó otra vez». Milagros no pudo contenerse y se acercó a los mariachis para cantar con ellos:

Probablemente ya
de mí te has olvidado
y mientras tanto yo,
te seguiré esperando.

No me he querido ir
para ver si algún día,
que tú quieras volver,
me encuentres todavía.

Por eso aún estoy
en el lugar de siempre
en la misma ciudad
y con la misma gente
para que tú al volver,
no encuentres nada extraño
y sea como ayer
y nunca más dejarnos.

Probablemente estoy pidiendo demasiado,
se me olvidaba que,
ya habíamos terminado,
que nunca volverás
que nunca me quisiste,
se me olvidó otra vez, que solo yo te quise.

Margarita se detuvo en el centro del restaurante al

escuchar la melodía. Jaime se levantó de la silla, admirado: Milagros cantaba como si fuera una artista profesional, pero ¿quién era esa bella mujer que lo miraba como el que ve a un fantasma? Sabía que la conocía, pero su mente se negaba a ubicarla. Su recuerdo de Margarita era de cuando tenía menos de veinte años. Era casi imposible que la asociara a esa hermosa mujer.

Sin embargo, ella sí lo reconoció desde que lo vio la primera vez; ahora, aquí, más cerca, se fijó en que conservaba la prestancia de siempre. El tiempo apenas dejaba sus huellas de nieve en la entrada de sus sienes y unas cuantas arrugas le daban dimensión al rostro, que en ese momento aparecía iluminado por una amplia sonrisa.

Jaime se acercó a Margarita: se miraron y permanecieron mudos, viviendo el hechizo del encuentro. Los ojos de él se deslizaron lentos por el rostro de la mujer, mientras ella permanecía inmóvil, petrificada. La música conocida daba paso a un hondo silencio en su interior que borraba todo el entorno e iba desnudando sus almas, increíblemente solas y ahora tan juntas en el principio de la noche.

Margarita de golpe volvió a tener miedo de la soledad y de aquellos ojos tan amados. Miedo a los indescifrables misterios del olvido. Miedo de sus almas balanceadas en las curvas hondas del silencio que crecía incesante detrás de ellos, suprimiéndolo todo, creciendo, creciendo: miedo, miedo, miedo.

Jaime no lograba incorporarla del todo a sus recuerdos. Su mente se resistía a ubicarla, pero su corazón latía, aprisa, desbocado. Un fuego en su interior lo hizo sentirse vivo. Sensación dormida, hasta entonces, que ahora despertaba como un volcán en erupción. Margarita estaba junto a él, paralizada. La quietud y los centímetros de separación que debía vencer, se transformaban en una lucha tentadora. De improviso, Jaime la descubría como una vibración en el silencio, temblando en la inmovilidad, dentro de él y en la distancia. Como si quietud, silencio y lejanía se fueran desprendiendo de su cuerpo para traerle su presencia. ¿Cómo era posible que esa mujer sacudiera de esa manera su alma y sus sentidos?

Milagros terminó su interpretación de la canción y se acercó a su padre que continuaba frente a Margarita. José Alejandro también se aproximó y los invitó a la mesa. Se dejaron llevar hasta la mesa.

—Papá, ¿te acuerdas de ella?

—Me siento conmovido por su presencia, pero mi mente no la reconoce, a pesar de que creía haber recuperado la memoria.

Margarita, continuaba callada, como ausente.

—Nos conocemos, señora, sé que sí. ¿Verdad?

Ella no contestó. ¿Qué podía decir?

—Papá, ¡es Margarita! —Interrumpió Milagros—. Ya no es el recuerdo que arrastraste siempre. Ella está aquí.

Parece que ella tampoco me recuerda. Su rostro no muestra ninguna emoción. Lo más seguro es que esté casada y no le convenga recordarme. O a lo mejor solo fui una ilusión de chiquilla y me olvidó. No sabes cuántas veces me arrepentí de dejarme manipular por mi padre. El interés me cegó.

Jaime, ¿cómo es posible que sienta esta turbación? Si cuando me dejaste, no sentí nada, porque me dejaste sin alma. Ahora, treinta y tantos años después, mi alma regresa.

CAPÍTULO 18

Milagros y José Alejandro fueron hacia la pequeña pista de baile. Él la atrajo y la envolvió en sus brazos. Ella intentaba observar a su padre y a Margarita, pero José Alejandro, intencionalmente, la fue llevando hacia el otro extremo.

—Te aseguro que no necesitan testigos. Me imagino que tienen mucho de qué hablar.

Milagros no respondió porque su mente se debatía en un mar de confusiones. Aunque quiso mucho a su madre, deseaba intensamente que su padre recuperara la alegría de vivir y nada mejor que un encuentro con el amor de su vida.

Margarita se había recuperado. Jaime le sirvió una copa de champaña.

—¿Brindamos? —dijo Jaime.

—Prefiero no hacerlo.

—Margarita, no sé si sabes que perdí la memoria.

—Sí, tu hija me lo contó.

—A pesar de que olvidé mi pasado, recordaba perfectamente lo mal que me porté contigo y quiero pedirte perdón. No tengo justificación. Me porté como un miserable, mejor dicho, como un cobarde. ¿Sabes que te escribí una carta, pero nunca la envié?

—Sí lo sé. Tu hija me la entregó hace unos días. Pero no te preocupes, creo que fue mejor así.

—¿Por qué?

—De haberla leído, hubiera sido más doloroso olvidarte.

—Perdóname.

—Lo hice y eso fue lo que me ayudó a olvidarte. Gracias a Dios pude reconstruir mi vida.

—Yo jamás te olvidé.

—Pero te casaste con otra.

—Y tú, ¿te casaste?

—No, creo que jamás recuperé la confianza.

—Lo lamento mucho.

—¿Qué lamentas?

—¡Qué te hiciera perder la confianza en las demás personas!

—No, solo la perdí en los enamorados —dijo Margarita sonriendo.

—¿Fuiste feliz?

—Sí, lo fui y lo soy. Después de algunos meses llegué a la conclusión de que la felicidad no depende de los otros. La felicidad es una decisión. Encontré la paz, que se parece mucho a la felicidad. No hay heridas que no cure el tiempo. Todas las mañanas cantaba y la música me sanó. Cada vez el dolor fue disminuyendo y tu ausencia se convirtió en recuerdo, un recuerdo lejano.

—¿Cómo se puede ser feliz estando solo? No te entiendo.

—No le temo a la soledad. Considero que todas las personas deberían estar solas en algún momento para establecer en el silencio un diálogo interno consigo y descubrir su fuerza personal. La soledad nos hace entender que la armonía y la paz de espíritu solo se encuentran en uno mismo y no en los demás. No creo en lo que muchos llaman su media naranja, sino en dos completos. El amor entre dos, es lo más saludable. En ese tipo de unión está el placer de la compañía y el respeto del ser amado. Cuando trabajas en tu individualidad estás preparado para una buena relación. La soledad no es vergonzosa, sino todo lo contrario, te da dignidad.

Margarita hizo una pausa y sonrió.

—Y tú, ¿fuiste feliz?

—Creo que sí, por lo menos hasta que murió mi esposa y mi yerno me quitó la empresa. Pero en estas semanas, con la guía de Ignacio y con mis sesiones de meditación, he descubierto que no necesito esos bienes materiales para ser feliz. Los recuperaré para mis hijas y mis nietos. He reflexionado mucho y he llegado a la conclusión de que luchamos por conseguir cosas que nunca nos darán felicidad. Todo es mentira. Una monstruosa mentira. Es tan burda esa mentira que basta llenarse por un momento los pulmones y el cerebro con la atmósfera de este campo, para identificar el engaño. El apego me alejó del verdadero amor.

—Te siento amargado, no regreses a la ciudad si no lo deseas, Jaime. Te puedes quedar más tiempo acá, para que te reencuentres y te recuperes completamente.

Gracias, Margarita, lo consideraré. He percibido que en este sitio tus huéspedes tienen una actitud positiva, sosegada, natural. Deseo experimentar esa plenitud; esa paz que es alegría del corazón y deseos de abandonarse para siempre.

De repente, Jaime cambió bruscamente de tema y preguntó:

—¿Podemos ser amigos?

—Amigos —aceptó Margarita.

Sin agregar una sola palabra más, ella inclinó la cabeza hacia atrás y dijo:

—Recuerdo que cantabas y lo hacías bien. Creo que

Milagros heredó tu talento para la música. Espera un momento.

Margarita se levantó y se dirigió hacia donde tocaban los mariachis. Luego retornó a la mesa y de inmediato se escucharon unos acordes.

—Jaime, por favor, canta para mí.

—¿Cantar? ¿Aquí?

—Claro que sí.

Jaime se levantó, se acercó a los músicos y uno de ellos le entregó el micrófono. Buscó en su mente la letra de una canción y, recordando la petición de amistad que le hizo a Margarita, se decidió por una melodía especial:

Los amigos así,
como tú, como yo, de toda la vida.
Pocas veces se ven, como tú como yo,
pero nunca se olvidan.
Hoy regreso hasta aquí
y sin querer me cruzo contigo.
Me da gusto decirlo.
En esta tierra vive una amiga.
Tú ya sabes que sí,
que en ti en mi hay un parecido,
aunque a veces por ir y venir por ahí,
no somos los mismos.
Los amigos así,
que no se ven quizás seguido,
cuando nos encontramos lo festejamos,
vente conmigo...

Milagros escuchó que alguien cantaba y le pareció reconocer la voz de su padre. Pero no podía ser, pues su padre nunca lo hacía. Emocionada, corrió a la mesa y encontró a Margarita sentada sola mientras su padre cantaba con los mariachis. José Alejandro la siguió de cerca y al alcanzarla, Jaime terminaba su interpretación.

—Papá, ¡no sabía que cantabas! ¡Lo haces precioso, mejor que yo!

—Yo tampoco lo sabía, me lo recordó Margarita. Lo que sucede es que no todos los recuerdos han regresado, algunos sí, pero vuelven a irse.

—No te angusties por eso.

—No lo hago, en estos momentos recordar no es tan importante.

—Nunca te oí cantar —dijo Milagros, todavía sorprendida —. ¿Y cómo fue que recordaste la letra de la canción?

—No lo sé, solo llegó y hasta recordé que el intérprete es José Luis Rodríguez. Además, recuerda que he recuperado parte de mi memoria.

—Papi, no sabes lo feliz que me siento.

—Hija, tengo algo que decirte.

—Escucho.

—No regresaré contigo a la capital, me quedaré aquí.

—¿Con Margarita?

—No seas indiscreta, Milagros —dijo Jaime.

Margarita se ruborizó. «En eso tampoco ha cambiado», pensó Jaime mientras tomaba una de sus manos entre las suyas.

—Creo que ya es demasiado tarde para rehacer mi vida. No sé si es la edad o la apatía, pero me cuesta empezar de nuevo. Me siento viejo.

—No eres ningún viejo y estás guapísimo. ¿Verdad?, Margarita —preguntó Milagros.

Ella solo sonrió sin responder y Milagros agregó.

—Tú también eres bella. Hacen una bonita pareja, ¿qué dices, José Alejandro?

—Claro que sí, mi amor.

—¿Mi amor? —preguntó Jaime.

—Sí, papá y no seas celoso. Somos novios.

—¿No creen que van rápido?

—Papá, debes continuar tu conversación con Margarita —dijo Milagros cambiando el tema. Después se levantó y con un gracioso ademán invitó a su novio a bailar. Margarita sonrió e, imitándola, sacó a bailar a Jaime. Este hizo un ademán de resignación y fue hasta la pista.

Margarita no era una mujer coqueta, pero no estaba dispuesta a perder a Jaime por segunda vez. «No son los hombres los que nos conquistan, nosotras se los hacemos creer», pensó, mientras lo rodeaba con sus brazos, por primera vez después de tantos años.

Cuando volvieron a sentarse, Jaime tomó una de las manos de Margarita entre las suyas, la sintió tibia, húmeda. No dijo una sola palabra, simplemente la miró y dejó que ese calor surgido de adentro lo fuera invadiendo todo otra vez, como si los años no hubieran pasado.

A la boca de Jaime asomó una sonrisa tan seductora que le hizo recordar al muchacho aquel de la juventud, impetuoso, al que tantas veces ella debía contener. Ahora no lo haría. Él le preguntó si lo acompañaba a bailar otra vez y, por toda respuesta, se apretó contra él y caminó hacia la esquina de la sala donde otras parejas bailaban. Los labios de Jaime rozaron su cuello hasta detenerse al inicio del profundo escote; ella sintió la respiración entrecortada y el aliento cálido del hombre al que una vez amó tanto. Y ante el presentimiento súbito de que se trataba de un sueño, quiso desmentirlo fundiendo sus labios con los labios de él.

Patricia llegó al hostal en compañía de sus hijos, los niños estaban contentos de ver a su abuelito recuperado. Fueron hacia la terraza donde conversaban Jaime, Margarita y Milagros. La niña preguntó quién era la señora bonita que acompañaba a su abuelo y su tía le explicó que era su novia.

—¿Novia? —preguntó la niña.

—Sí, recuerda que tu abuelita murió y que tu abuelo estaba solo.

—Me gusta esa señora —dijo el hermano.

—A mí también —agregó la niña.

Patricia le contó a Milagros que Alfredo estaba hospitalizado con custodia policial, pero que pronto sería llevado a una celda común. Ya le había firmado los papeles del divorcio, pues puso como condición que retiraran los cargos y su padre aceptó, con tal de no tenerlo más en la familia. No obstante, la privación de libertad es un delito que se persigue de oficio y tendría que ir a la cárcel.

Las acciones fueron distribuidas en partes iguales entre las dos hijas de Jaime. Sin embargo, ellas llegaron a la conclusión de que no era justo que su padre se quedara sin nada. Aunque él insistía en decir que no necesitaba el dinero, que con su pensión le bastaba, trabajó mucho para levantar la empresa.

—Milagros, mi padre me pidió que pusiera a la venta todas sus propiedades. Él no va a regresar y ni tú ni yo vamos a atenderla.

—Estoy de acuerdo, pero una vez termine la transacción lo dividiremos en tres partes y depositaremos la suya en su cuenta de banco.

—Me parece bien —respondió Patricia.

—Cuéntame, ¿qué piensas hacer después del divorcio?

—Me mudo de la ciudad.

—¿Para dónde?

—Para Volcán, en el camino vi una casa que está en venta, me hizo soñar.

—¿Estás segura?

—Si hermana, necesito cambiar de ambiente y conocer gente diferente. Creo que puedo invertir mi dinero en este lugar. No quiero que nada me recuerde lo infeliz que fui. Deseo una nueva vida. Además, continuaré mis estudios en Administración de Empresas. Recuerda que Alfredo no me dejó terminar la carrera, decía que para atenderlo a él, solo necesitaba disposición y amor. Cada vez que me acuerdo de lo imbécil que fui, me hierve la sangre.

—Ya olvídate de ese infeliz, pues perderte a ti fue su peor castigo. Te apoyo en tu decisión y así viviremos en la misma provincia.

—¿Sí? ¿Cómo es eso?

—Mi novio es de acá.

Horas después, Patricia y Milagros comentaron sus planes con su padre y Margarita. Jaime estaba feliz, pues tendría a sus hijas cerca.

—Nosotros también tenemos una noticia que darles.

—¿Sí? —preguntó Milagros expectante.

—Margarita y yo nos casaremos pronto.

—¿No van rápido? —dijo Milagros en broma, recordando la respuesta de su padre cuando ella le comunicó su noviazgo.

—No, ya hemos esperado una eternidad —dijo Margarita, antes de que Jaime contestara.

—Imagino que la fiesta será con mariachis —dijo Milagros.

—Claro que sí —respondieron Margarita y Jaime al unísono.

Milagros insistió en preguntarle a su padre si había recuperado totalmente su memoria. Jaime le explicó que una gran cantidad de recuerdos llegaron de manera espontánea. Sin embargo, unas semanas después de arribar a esas tierras, pensaba que el recordar ya no era tan importante para él, pues el contacto con la naturaleza le enseñó muchas cosas. Continuó explicando que, al momento de liberarse del pasado, la mente se aliviana.

—Sin recordar el pasado —continuó—. No se puede imaginar el futuro, puesto que este es un reflejo de nuestro pasado. Al liberarnos, de inmediato desaparece el futuro y la conciencia transforma el momento presente en una experiencia dichosa. Con la conciencia centrada en el momento presente tiene lugar una profunda armonía con la naturaleza. Nos hemos olvidado de las plantas, las flores, los animales, hasta de nosotros mismos. Estar donde está la vida: en el aquí y el ahora.

Jaime reconoció que al llegar a ese lugar se sintió en un desierto de incertidumbre, pero después de largas horas de meditación, fue soltando sus apegos. La pérdida de la memoria le ayudó a olvidar lo que había pasado, fuente de sus mayores angustias. A partir de ese momento, comenzó a vivir el presente, a valorar las pequeñas victorias, a vivir apasionado por la vida. Ahora no se apegaba a nada. Tuvo la gran ventura de ordenar su mundo interior y de buscar nuevos horizontes.

En el silencio escuchó a Dios y se dio cuenta de que la única forma de retribuir ese maravilloso cambio, era sirviendo a los demás. Darle sentido al sufrimiento, no tanto aliviarlo, como permitirle que el sentido cobre vida, en lugar de simplemente repetirlo. El hecho de asociar el recuerdo, el dolor y el sentido es inolvidable, productivo, y sugiere una enseñanza.

—Papi, te has olvidado de que en esa gran transformación, hay una heroína: Margarita —dijo Milagros sonriendo.

Margarita es de esas personas que arriesgan todo por ir detrás de un sueño. A pesar de que perdió al amor de su vida, recibía cada nuevo día con una sonrisa, ofreciendo su ayuda generosa a todos los que se cruzaban en su camino.

—Soy inmensamente feliz, porque alguien como ella me acompañará el resto de mi vida.

Margarita se le acercó y lo abrazó. Cerró los ojos, él la sostuvo y dieron varias vueltas. Luego ella los abrió para comprobar que no estaba soñando; y entonces comprendió que la verdadera felicidad la da el tener la facultad de vivir nuestros sueños.

OBRAS PUBLICADAS

Caminos y encuentros

Y era lo que nadie creía

Travesías mágicas

La noche oscura

La cárcel de temor

Roberto por el buen camino

La raíz de la hoguera

Los ángeles del olvido

No hay Trato

Mujeres en fuga

Agenda para el desastre

Niña bella

El retorno de los bárbaros

El crepitar de la Hoguera

Diagnóstico: N. P. I.

Los misterios del olvido

El arcoíris sobre el pantano

El poder desenmascara

Un grito desde el silencio/ el oscuro abismo del bullying

El murmullo de la sombra

Vida de compromiso

La noche no dura para siempre

Se presume culpable

Veinte años Después

La burbuja invisible

Solo en la noche se observan las estrellas

¿Qué vamos a hacer después de lo que nos hicieron?

En el umbral del olvido